AF139052

Leon Herbst

Staffensieder
oder
Die Quarantäne der Angst

Bibliografische Information der Deutschen Nationalbibliothek: Die Deutsche Nationalbibliothek verzeichnet diese Publikation in der Deutschen Nationalbibliografie; detaillierte bibliografische Daten sind im Internet über http://dnb.dnb.de abrufbar.

1. Auflage © 2019 Leon Herbst, 56072 Koblenz

Coverbild: Man sneaks in the dark corridor of building, Stockfoto-ID: 120485513 von: sudok1, Bigstock.com
Fadenkreuz: Designed by Freepik
Cover und Layout: Manuela Wirtz, www.manuwirtz.de

Herstellung und Verlag: BoD – Books on Demand, Norderstedt

ISBN: 9789783734751486

Leon Herbst

STAFFENSIEDER
ODER
DIE QUARANTÄNE DER ANGST

Roman

Wer lange in bedeutenden Verhältnissen lebt, dem begegnet freilich nicht alles, was dem Menschen begegnen kann; aber doch das Analoge und vielleicht einiges, was ohne Beispiel war.

Goethe, Wilhelm Meisters Wanderjahre

1. Agent und Agentin

Ich bin verheiratet und lebe als Abgeordneter einer großen Partei in einer kleinen Wohnung in Berlin in der Schumannstraße in der Nähe des Deutschen Theaters. Ich gehe gerne am Kapelle-Ufer der Spree im Spreebogenpark und in der Nähe des Bundeskanzleramtes spazieren. Am Reichstagsgebäude vorbei und in den Deutschen Bundestag, in den ich gewählt worden bin. Per Landesliste. Abgeordneter ist ein Vollzeitjob. Zwei Wochen arbeite ich im Heimatkreis, dann zwei Wochen in Berlin, wenn der Deutsche Bundestag tagt. In der Sommerpause läuft die Arbeit in der Heimat weiter. Dann fliege ich zurück auf den Flughafen von W. und arbeite zu Hause an der Mosel meine täglich etwa vierzig Mails mit den unterschiedlichsten Themen ab. Oft sind es Klischeetexte oder Beschimpfungen. Ich habe Jura studiert, bearbeite aber für meine Fraktion die Themen Bildung und Forschung. Heute begann in Berlin um neun Uhr das Treffen der Facharbeitsgruppe. Wie immer werden Initiativen und aktuelle Themen besprochen und die Ausschusssitzungen vorbereitet. Um 19 Uhr habe ich eine Veranstaltung in Moabit. Wie kann man die Bildung aus der Krise führen? Bildung, Krise, ich kann diese Worte nicht mehr hören. Es gibt auch noch ein Leben neben der Politik. Aber meine Frau sehe ich nur ein Drittel vom Jahr. Ich habe eine junge Assistentin, die, wie ich glaube, in mich verliebt ist. Sie hat mich für morgen Abend zum Essen eingeladen. Sie sucht für mich Materialien für die Kombination von Bildung und Entwicklungsarbeit aus der Presse heraus.

Heute Nacht träumte ich, ich wäre in einer fremden Stadt, wo ich nachher mit meiner Assistentin verabredet war. Ich laufe durch die Geschäfte. Ich finde in einem Kaufhaus zwei merkwürdige Blöckchen. Das erste „Grundsätze des Wirtschaftslebens" mit blauem Außendeckel, die Aufschriften in Schrägschrift. Das zweite: auch blauer Außendeckel, enthält eine Tabelle. Ich denke, in dieser Art wie Quittungsblöckchen die Grundsätze des kapitalistischen Wirtschaftssystems in einer Nuss zu haben, und vielleicht sogar durchschaut zu haben. Die Rückseite ist wie ein Aufkleber gummiert. Nun, wo ich die „Grundsätze" habe, weiß ich nicht mehr, ob ich mich mit meiner Assistentin treffen will. Es ist wohl mein Geburtstag. Ich bin noch mit meiner Frau Verena verabredet. Ich bin mir lange unschlüssig, ob ich sie treffen soll. Verena ist plötzlich in Berlin und beginnt nun, etwas zu sagen. Das ganze schon, während ich mit meiner Assistentin über Telefon verbunden bin. Verena sagt mir im Laufe des Gesprächs, dass sie gehört habe, dass meine Assistentin ziemlich auf mich stünde. Darauf beschließe ich, meine Frau hängen zu lassen. Während ich nun den Telefonhörer in der Hand halte, spreche ich den Namen meiner Assistentin aus, und bin nicht sicher, ob Verena das gehört hat. Diese Doppelartigkeit befriedigt mich irgendwie, da ich weiß, dass ich in

Beziehungsspielchen nicht mehr allein auf die Reaktionen meiner Frau angewiesen bin. Vor allem das blaue Blöckchen gibt mir nun etwas.

Ich habe meine Assistentin im Schwimmbad kennengelernt. Ihr blonder Haarknoten ragte aus dem Wasser. Immer mit Sonnenbrille. Schöne Schultern, die man sah, wenn sie sich an der Anschlagkante hochzog. Nur die Spur eines schmalen Bauches und ein kleiner Hintern. Sie war bestimmt verheiratet, dachte ich, und hatte vielleicht sogar Kinder. Das erwies sich aber als Irrtum. Sie kannte viele Leute im Wasser, unterhielt sich mit ihnen, sagte jedes Mal ganz fröhlich „Guten Morgen", schwamm auch ausgezeichnet. Aber die Mitschwimmerinnen sollten nichts von dem merken, was sich zwischen uns anbahnte. Erst ein Blickgespräch. Dann, als sie aus dem Wasser kam und kurz duschte, musste sie an meinem Liegeplatz vorbei und grüßte mit erhobener Hand. Einen Tag später sprach ich sie an, als sie gerade aus dem Wasser stieg. Als ich sie aufforderte, mit mir einen Kaffee zu trinken, sagte sie: „Das ist aber nett." Und ich sagte: „Ich freue mich auch!" Sie hatte auf dem Parkplatz ein weißes BMW-Cabrio stehen, und im Gespräch auf der Terrasse hatte sie mir erzählt, dass sie solo sei. Ich fragte sie nach ihrem Beruf, und sie sagte, sie habe Abitur gemacht, sei Sekretärin, aber jetzt arbeitslos. Eine Woche später fing sie bei mir an. Es dauerte nicht lange und wir landeten im Bett. Sie schien sich an meiner Ehe nicht zu stören und nahm auch keinen Anstoß daran, wenn ich zurück nach W. flog. Gestern erzählte sie mir, sie erwarte ein Kind. Es könne nur von mir sein. Sie nimmt häufig Fotokopien in ihrer großen schwarzen Reisetasche mit, und ich frage mich manchmal, was sie damit macht. Die Geheimdienste suchen ja Leute ohne Ausbildung und Ethos, bringen sie ganz früh unter ihre Kontrolle und richten sie ab, ins Parlament zu kommen. Ich glaube, sie hat schnell festgestellt, dass ich zu den Wankelmütigen gehöre, denen man ihren Wankelmut auch ansieht. Ich denke manchmal, sie wollte nur den Tropfen Samen in ihre Furche. Jeder Geheimdienst versucht, die andere Seite völlig zu durchdringen und zu beeinflussen. Niemand ist so skrupellos wie ein Geheimdienst. Eindringen in die staatlichen, politischen, wissenschaftlichen, technischen und Spionagezentren der anderen Seite. Die Leistungskörperschaften infiltrieren und durch Arbeit für ihren Zerfall arbeiten. Desinformation der anderen Seite für politische und operative Zwecke. Auch die offizielle Politik arbeitet mit den Geheimdiensten zusammen.

Gestern sind wir in einer Diskothek gewesen. Hinterher waren wir in meinem Zweizimmerappartement zusammen. Wir haben zweimal zusammen geschlafen, im Bett gelegen, gequatscht. Sie ist dann ganz anders als in dieser komischen Club-Après-Diskothek. Ich habe sie erlebt wie eine Mischung aus Beate und Ines, zwei Frauen, mit denen ich während meines Studiums zusammen war. Die Bestimmtheit, mit der sie das Bett machte, das Kissen fest klopfte, der vorgebeugte Hals. Ihr starker, genauer, aufmerksamer und misstrauischer Gesichtsausdruck, als sie unter mir lag, im Rhythmus des Philadelphia-Diskosounds aus dem Kofferradio auf dem Nachtkästchen. Sie spielte Hingabe. Aber es ging mir doch nahe. Sie ist praktisch, initiativ, ein Tatmensch, während ich für meine Bundestagsreden tausend Stunden Überlegung brauche. Sie will morgen ihre länger gewachsenen roten Haare zu

Dauerwellen machen, liest den Stern und will einen neuen Nagellack ausprobieren. Ist das ihre Dimension? Oder bin ich der Verschlossene? Den ganzen Abend war sie gut gelaunt. Einem Gespräch über unsere Lebensziele wich ich aus. Meine Frau denkt, in Berlin arbeite ich nur. Ich habe das Gefühl, dass ich langsam von Delphines Launen abhängig werde und neige dazu, mich zu fragen, was ich falsch gemacht habe, wenn sie unversehens auf Konfrontationskurs geht. Was ich heute gedacht und überlegt habe, kann ich noch nicht hinschreiben. Ich gehe ins andere Zimmer und hole mir eine Zigarette. Ihr Gesicht zeigt verheulte Spuren. Jetzt hat sie plötzlich den Versöhnungskurs drauf. Worauf kann man sich noch verlassen? Als ich meine Zigarette auf meinem kleinen Balkon rauchen will, sagt sie: „Kannst du ruhig hier rauchen, stört mich nicht, wenn du mir auch eine gibst!" Sie zwingt mich zum Taktieren zwischen ihr und meiner Frau. Den Tag danach habe ich verplempert. Marktshopping, die Lebensnotwendigkeiten wie Lebensmittel, Schuhcreme, Reinigung. Wenn wir nicht essen gehen, mache ich das Essen. Sie ist nicht selbstständig genug, einmal für ein frugales Abendessen zu sorgen. Und ich frage mich: Vielleicht bist du es, der sie lähmt? Bin ich abhängig geworden? Ich habe immer das Gefühl, nicht genug von ihr zu bekommen, obwohl ich verheiratet bin. Vielleicht sollte ich sie entlassen. Ich frage mich aber, ob Abschiede und Trennungen von Menschen, die einem immer noch nahe sind, überhaupt sein müssen.

Jetzt soll ich mich neuerdings scheiden lassen. Welch törichter Gedanke. Indirekt hat sie mir sogar mit Selbstmord gedroht, als dächte sie: Vor dem Tod wird er schon Ehrfurcht haben! Wenn das nicht der Fall ist, bricht ihr

Wirklichkeits- und Bewältigungssystem zusammen. Das werfe ich ihr vor! – Und noch viel mehr! Ich muss zurück zu meiner Frau, in unser Haus in W.. Kinder haben wir nicht. Vielleicht lachen die Leute in W. schon über den Bundestagsabgeordneten Staffensieder. Tatsache ist, dass ich nicht ich selbst bin, sobald ich intensiveren Kontakt mit neurotischen Menschen habe. Und sie ist neurotisch. Ich projiziere alles in die Zukunft, auch die Entscheidung zwischen meiner Assistentin und meiner Frau.

Eben hat sie es zugegeben, sie spioniert für die andere Seite! Die andere Seite? – Wahrscheinlich ein östlicher Geheimdienst! In meinem Kopf dreht sich alles. Meine erste Reaktion: Sofort jemanden anrufen! Ich wünschte, es herrschte Ruhe. Es ist wahrscheinlich eine ankonditionierte Angst. Sie kommt von meinen Eltern. Ich habe immer mehr das Gefühl, dass ich Delphine nicht gewachsen bin. Sie hat sich als mütterlich-geschwisterliche Vertrauensperson engagiert. Sie ist voll auf mich abgefahren und … auf meine Bereitschaft gestoßen. Was mache ich jetzt? Meine Storys vor meiner Ehe sind alle die Storys von Trennungen. Ich klebe zu sehr an Delphine, als dass ich sie fallenlassen könnte. Ich könnte ja Kontakt mit dem Verfassungsschutz aufnehmen und ihr nichts davon sagen. Das Problem bei Agenten oder Doppelagenten ist, dass jedwedes Vertrauen schwindet. Vielleicht habe ich mir die Agentin in ihr schon mit meiner Wahl im Schwimmbad aufgesucht. Ich will nicht unvernünftig werden, indem ich das Unvernünftige bekämpfe. Mein Nachbar neben meiner Zweizimmerwohnung ist Psychoanalytiker. Ihn könnte ich fragen. Aber noch bin ich nicht soweit. Ich drehe mich im Kreis. Wie von dem Tier Sartori geschlagen, treiben mir meine eigenen Wünsche und Hoffnungen entgegen! Die Deutschen wollen eigentlich andere Abgeordnete! Warum hat sie sich mir überhaupt offenbart? Vielleicht hat sie Angst, ich könne sie „in die Gefriertruhe" legen und mir eine andere Assistentin zulegen. Mit einem neuem Kind? Mich packt eine wahnsinnige Wut auf sie. Damit verbunden eine Wut auf alle, die mich umgeben. Wir müssen zur Ruhe kommen. Eine Urlaubsreise wäre das Beste. Ich liebte sie nicht, aber suchte sie von mir abhängig zu machen. Jetzt liebe ich ihre Abhängigkeit von mir und bin abhängig von ihrer Abhängigkeit von mir. Zum ersten Mal zieht in meinen Kopf der Gedanke ein, was ich überhaupt von Menschen will. Sie sagte, sie will mich ihrem Vertrauensmann vorstellen. Wir sollen uns in Brüssel treffen. Lasse ich mich da hineinziehen? Ich bin zu schwach, um nein zu sagen.

Wir flogen drei Tage später nach Brüssel und trafen uns in einem Café an der Grande Place. Wir mussten lange warten, ich saß bloß da und betrachtete die Barockfassaden. Der Platz strahlte eine Ofenhitze ab. Der Mann, der schließlich auf uns zukam, war kräftig gebaut mit dunkelgrauen, nach hinten gekämmtem Haar und einem freundlichen Blick. Er sah nicht aus wie ein Agent. Er zog sich einen Stuhl heran und setzte sich zu uns. Das Resümee unseres Gespräches war, dass ich Informationen liefern sollte, die man in jeder Tageszeitung finden konnte. Ich hatte keinerlei Gewissensbisse. Delphine sollte weiter meine Assistentin bleiben. Im übrigen täten das, was ich tun solle, ein Viertel aller Abgeordneten. Wir nahmen einen Mietwagen und fuhren an die Küste nach Knokke. Ich hatte etwas getan, was ich eigentlich nicht wollte. Wie konnte ich meine innere Unruhe dämpfen? Wir wohnten in Paul's Hotel in Duinbergen. Es war ein renoviertes Dreisternehotel im Villenstil, hundert Meter vom Strand entfernt. Die Zimmer mit Bad oder Dusche, Toilette, Telefon, drahtloses Internet, Fernseher, Radiowecker und Minibar, Fahrstuhl, Parkplatz am Hotel und Fahrradstellplatz. Der freundliche Empfang und das umfangreiche Frühstücksbüfett am nächsten Tag nahmen uns gefangen und nahmen mir für einen Moment meine Sorgen. Wir spazierten den Seedeich entlang, links das Meer, rechts die Galerien und Boutiquen. Bis Zoute. Und von dort in den Naturschutzpark Het Zwin. Wir aßen im Pavillon du Zoute und waren von der Thomas-Mann-Atmosphäre des Hotels gleich gefangen und beschlossen umzuziehen. Hierher. Die tolle Atmosphäre am nächsten Tag beim Frühstück, wo wir die guterzogenen kleinen italienischen Jungen mit ihrer Mutter beobachteten. Das Frühstücksbüfett so umfangreich wie ein Mittagessen. Mindestens genauso gut wie in Paul's Hotel in Duinbergen. In der schmalen Straße, die hinter dem Seedeich verläuft, gibt es kleine Feinkostläden mit allerlei Spezialitäten. Ich kaufe mir in einer Boutique ein paar beige Lederslipper und ein dunkelblaues Lacoste-Hemd, um mich abzulenken. Delphine kauft sich ein weites Kleid, das aussieht wie ein Umstandskleid. Will sie mich provozieren? Ich habe schon genug mit meinem Gewissen zu tun. Jetzt bin ich selber ein Agent oder sogar ein Doppelagent, wenn ich zum Verfassungsschutz gehe. Knokke mutet fein an. Die Kunstobjekte auf dem Seedeich, die Stelen und Figuren. Wir mieten uns zwei Liegestühle am Strand. Mein Körper geht noch. Delphine im schwarzen Bikini ist schön. Wie sollte es auch anders sein, mit dreißig Jahren? Im Hintergrund zum Seedeich hin die Umkleidehäuschen, die oft ganz bizarre Namen haben. Kann ich ihr vertrauen? Ich weiß, dass die einzige Lösung des Gefangenendilemmas darin besteht, dass die zwei getrennt voneinander Eingesperrten nicht gegeneinander aussagen, sondern sich blind vertrauen. Aber weiß Delphine das auch? Wir gehen eine Stunde über den Seedeich und sehen die weißen Umkleidekabinen aus Holz wie kleine Wochenendhäuschen. Sie sind einfach Luxus. Zum Meer hin, vor dem Strand, kleine Seegrasdünen und Gestrüpp. Weit hinten am Horizont sieht man Tankschiffe vorüberschwimmen. Es ist eine ruhige, entspannte und zum Relaxen geeignete Atmosphäre. Dazu die Aura von Knokke. Dreihundert Meter weiter haben sich die Touristen kleine Zelte und Windsegel aufgestellt. In deren Schatten trinken sie Kaffee, sonnen sich oder plaudern. Zwischen zwei Umkleidehäuschen auf großen Holzrädern schauen wir diesem bürgerlichen Treiben zu, eine kleine Nischengesellschaft, die sich hier etabliert hat. An ein umzäuntes Areal hat jemand sein Fahrrad angekettet. Der Zaun wirft einen mächtigen Schatten, in dem zwei kleine Kinder friedlich schlummern. Zur See hin reges Treiben in kleinen Grüppchen, Plastikliegestühle, und in einer Sandkuhle hat jemand ganz viele Papierblumen eingepflanzt. Das nächste abgegrenzte Areal wird schon wieder von Sonnenschirmen eingenommen. Der Sand ist völlig zertreten von den Herumwandernden. Weiter nach Osten. Jetzt kommen auf der rechten Seite die großen Wohnblocks und Appartementhäuser. Auf dem Seedeich wird flaniert. Ein Mann mit weißem Hemd und weißen Shorts trägt eine Sonnenbrille und darüber einen breitkrempigen Hut. Die Leute tragen

13

ihre Schuhe hier ohne Socken. Neben ihm geht seine Frau in einem schwarzen Outfit mit einem weißen Tennishut. Niemand kümmert sich um den anderen, jeder wendet sich zur See hin, wenn ihn die zahlreichen Galerien und Boutiquen auf der anderen Seite nicht ablenken. Es wird viel Eis gelutscht. Eine junge Frau in einem kurzen mit Rosen gemusterten Kleid und weißer Umhängetasche geht dicht an uns vorbei, ohne uns überhaupt zu registrieren. Dann kommt ein eingezäunter Spielplatz direkt auf dem Strand mit großen, aufgeblasenen Donald-Duck-Gummifiguren. Der Enterich selber, daneben eine ebenso aufgeblasene weiß-grün gefleckte Kuh. Die Kinder fahren auf kleinen Motorrädern, wie in Gokarts, auf einer Holzbrettrunde um die großen Figuren. Im Vordergrund sind viele Fahrräder geparkt. Je weiter es nach Osten Richtung Holland geht, desto leerer wird der Strand. Rechts zeigen sich immer mehr, eine nach der anderen, weiße, zwei- bis dreigeschossige Villen. Die Fahrradtouristen nehmen zu. Die Grenze zwischen Fahrradweg und Straße ist mit niedrigen rotweißgestrichenen Pfählen markiert. Die Hochhauszeile im Osten wirkt jetzt ganz klein. Delphine trägt eine schwarzweißkarierte Bluse und weiße Hosen. Sie hat ihren roten Rucksack mitgenommen, legt die Hände über die Augen gegen die Sonne, und ich fotografiere sie mit meinem Smartphone. Dabei erwische ich noch einen stämmigen Mann im schwarzen T-Shirt und roten Shorts, der sich ins Bild gedrängt hat. Auf dem Rückweg bewundern wir die vielen Pferdeskulpturen aus Edelstahl oder Granitstein.

2. Auf welcher Seite?

Gott sei Dank ist in Berlin Sommerpause. Ich rufe von meinem Smartphone meine Frau an und sage ihr, dass ich zur Europäischen Kommission in Brüssel muss. Sie wünscht mir eine gute Reise. Aber ständiges Misstrauen meinerseits. Die Theorie des Gefangenendilemmas kann mich nicht überzeugen. Obwohl sie wahrscheinlich total richtig ist. Blindes Vertrauen zueinander ist für beide Eingesperrte, die keinen Kontakt zueinander haben, die einzig richtige Lösung. Sie dürfen nicht gegeneinander aussagen und müssen beide die Tat leugnen. Ich will Delphine auch nicht durch bürgerliche Versprechungen bei mir halten. Aber durch ihr Geständnis und das Treffen in Brüssel mit dem Agenten sind wir aneinander gebunden. Sie kennt inzwischen auch meine Schwächen und nutzt sie aus! Sie sieht wahrscheinlich schon ihre Felle wegschwimmen. Es war blöd von mir, dass ich allem so schnell zugestimmt habe. Wie soll es weitergehen? Wo soll ich hin?

Wir gehen zurück ins Hotel und genießen unsere Abendmahlzeit. Nach dem Essen gehen wir nach oben und legen uns ins Bett. Sie erzählt mir, dass sie eigentlich Anarchistin sei. Darwins Entwicklung der Natur sei Ergebnis eines Spiels des Zufalls. Zufällig findet sich unter den vielen Variationen eine, die für das Leben in der Umgebung besser geeignet sei als die anderen. Darwin habe gesehen, dass die Herrschaft des blinden Zufalls in der Wirklichkeit und die Sehnsucht des Menschen nach einer harmonischen Ordnung der Welt nicht zusammenstimmen. Kropotkin habe bewiesen, dass schon Tiere moralische Auffassungen hätten. Bei Tieren gäbe es viel gegenseitige Hilfe im sogenannten Kampf ums Dasein. Diese sichere sogar den schwächsten Tieren ein langes Leben und damit eine Möglichkeit zur Sammlung von Erfahrungen und der Sicherheit der Nachkommenschaft. All das könne man bei Kropotkin lesen. Ich hatte bei Bernhard Schlink Rechtsphilosophie gehört und konnte im Grunde alles, was sie sagte, nur bestätigen. Schon Kant habe gesagt, so Schlink, dass es „keiner Wissenschaft und Philosophie bedürfe, um zu wissen, was man zu tun habe, um ehrlich und gut … zu sein". Ist das, auf was ich mich eingelassen habe, ehrlich und gut? Aber wenn ich der anderen Seite helfe, ist vielleicht ein unvollkommenes Gleichgewicht wieder hergestellt? „Der Wahnsinn beherrscht das Geschehen: Die Schuld der Geister, die Schuld der Teufelsrotte." Das stand in einem Roman, den ich vor zehn Jahren gelesen habe. Der Mensch muss ringen, kämpfen, aber ich werde mich auf dieses Spiel, das ich begonnen habe, einlassen.

Ich lese die Zeitung. Die AfD zieht nach dem Asylstreit mit der SPD gleich. Mir wird jetzt erst klar, auf was ich mich in Brüssel eingelassen habe. Ich muss nach Berlin zurück. Der Bayer gibt sich gelassen. „Wir schauen nach vorn", sagt er plötzlich. „Die Windschutzscheibe ist größer als der Rückspiegel." Wie schnell sich die Leute drehen.

Und der ganze Klamauk vorher. Von Frieden ist die Koalition weit entfernt. Wenn ich den Auftrag von der anderen Seite annehme, gehe ich in den Fußstapfen der Populisten. Jeder verlorene Prozentpunkt der großen Parteien wird den Ärger über die große Koalition in Berlin wachsen lassen. Wenn es Neuwahlen gibt, könnte alles noch viel schlimmer aussehen. Und Europa? Ich treffe mich mit Delphine in meiner Wohnung. Nachdem ich mit ihr gesprochen habe, sagt sie: „Auf welcher Seite stehst du eigentlich?"

Ich stehe für das Gute, und wenn das Gute von der anderen Seite kommt, stehe ich für die andere Seite. Aber jetzt ist das Gute das Schlechte. Ich rufe meine Frau an. Sie geht nicht mehr ans Telefon, wenn sie meine Nummer auf ihrem Display sieht. Das bindet mich wieder stärker an Delphine. „Warum betrügst du deine Frau eigentlich, so jung und dynamisch wie du bist? – Ist es nur die Einsamkeit hier in Berlin? Das bisschen Brutkastenwärme, das ich dir geben kann?" – Mir bleibt die Spucke weg. Ich habe gedacht, ihr liegt etwas an mir. Sie merkt, was ihre Worte angerichtet haben, und lehnt sich an mich. „Welche Macke hast du sonst noch?" fragt sie mit Augenaufschlag. Meine stillen Schuldgefühle, zusammen mit der Angst, dass meine Frau etwas erfährt. Besser später als jetzt. Ich schäme mich für diese Affäre, in die ich da hinein gerutscht bin. Und jetzt noch Agent. Das Versteckspiel und die Schuldgefühle. Es ist Delphines Jugend und ihre lockere Unbekümmertheit. Vielleicht hat meine Frau mich längst durchschaut und sich mit der Existenz einer Geliebten arrangiert. Sie ist eine naturalisierte Französin, Delphine Dembois, und stammt von nach Deutschland eingewanderten Hugenotten ab.

Ich wohne in W.. W. ist ein kleines Weindorf, zehn Kilometer von K. entfernt. Es liegt in einer Mulde zwischen hohen Weinbergen und der Mosel. Wenn man vom W.er Brückstück, wo ein berühmter Wein wächst, im Herbst über die Weinstöcke ins Tal blickt, sieht man das kleine Dorf mit seinen Schieferdächern in dieser Mulde hingebreitet. Es war einmal Bundessieger bei dem Wettbewerb „Unser Dorf soll schöner werden". Mich kennt hier jeder, die Leute mögen mich. Abends gehe ich mit meiner Frau in die „Hoffnung" essen. Nicht so fein wie noch gestern im Pavillon du Zoute, aber der Gulasch mit Spätzle ist deftig. Meine Frau fragt nichts. Sie ist völlig arglos. Sie hat sich vor einem Jahr einen weißen Pudel gekauft, und mit dem wandern wir auch heute abend das Brückstück hoch. Der Pudel läuft ohne Leine und apportiert das Bällchen, das sie ihm hinwirft. Es ist schön, hier ohne inneren Zwiespalt den Abend zu verbringen. Wir unterhalten uns, und sie fragt mich, wie die zwei Wochen gewesen seien.

„Es waren die längsten zwei Wochen meines Lebens", sage ich.

„Du siehst genervt aus."

„Berlin steckt mir immer noch in den Knochen."

„Hast du genug geschlafen?"

„Ich habe so gut wie gar nicht geschlafen, manche Nächte nur mit einer Schlaftablette." Sie scheint meine Lügen gar nicht zu bemerken.

„Möchtest du ein Glas Wein? Wir haben noch ein paar Flaschen von dem trockenen Kabinett von Schwaab im Keller."

„Ja gern", antworte ich. „Ich glaube, heute ist eine Nacht, in der man gut schläft."

„Ich weiß manchmal schon einen Tag vorher, wenn ich in der Nacht nicht schlafen kann. Wir brauchen einen neuen Duschkopf."

„Ich regele das morgen."

„Ich habe ein Muttermal auf der Innenseite des Zeigefingers bekommen."

„Geh' übermorgen zu Doktor Breustedt." Ihre Stimme hatte besorgt geklungen.

„Ich werde mir in den nächsten Wochen mehr Zeit für dich nehmen." Ich log, ohne eine Miene zu verziehen.

Schließlich wirkte der trockene Kabinett, und wir gingen zu Bett. Im Ehebett nebeneinander.

„Wie heißen die Schlaftabletten, die du mir letztens empfohlen hast?"

„Es liegt mir auf der Zunge", sagte ich.

Kurz vor dem Einschlafen sagte sie: „Deine Pullover müssen in die Reinigung."

„Hat Zeit", sagte ich. Dann schliefen wir ein.

Hatte sie von meinen Skrupeln und Gewissensbissen nichts bemerkt? Eine Ehefrau kennt ihren Mann besser als jede andere. Was ich selbst im Kopf herumgewälzt hatte, schien sie nicht zu beunruhigen. Ich war mir nicht sicher, ob ich das alles durchhalten würde.

Was werden Delphine und ich für unsere Zusage leisten müssen? Bei uns herrscht heutzutage die Wahrnehmung, dass die demokratischen Regierungen das Problem des Auseinanderdriftens von Arm und Reich nicht lösen können, hatte der Typ auf der Grande Place in Brüssel gesagt. Die Einzigen, die Antworten bieten, seien die Populisten. Antworten, die die Demokratie nicht hat. Ich glaube immer noch an die Demokratie. Wenn die Populisten auch die Risse in einer Gesellschaft zu vertiefen suchen, so glaube ich doch, dass die Populisten nicht wirkungsvoller sind als die Demokratien. Ich bin kein Whistleblower, aber ich arbeite jetzt für die andere Seite. Im Bundestag sind die christlichen Parteien im Unglück vereint. Ich möchte etwas für alle tun. Ich kann auch nicht verstehen, dass die wichtigsten Parteien sich gegenseitig Verletzungen zufügen, bis auf den Friedhof. Konservative Wähler! Ich kann darüber nur lachen. Dann die Flüchtlinge. Der Asylkompromiss ist mir zu wenig. Ich bin nur ein kleiner Bundestagsabgeordneter. Niemand ist bereit, sein Amt zu opfern. Jeder scheut die letzte Konsequenz, auch ich. Das ist meine Schwäche. Endlich schlafe ich ein.

Am nächsten Morgen heißt es: Programm. Vor mir liegt die klassische Heimatwoche. Um 9 Uhr klingelt das Telefon. Ich soll mich mit dem Oberbürgermeister von K. treffen. Ein junger, intelligenter, sympathischer Mann, der auch noch gut aussieht. Es geht um die Bundesgartenschau, die 2029 im Mittelrheintal stattfinden soll. Dann treffe ich mich mit dem Verband der Nahrungsmittelunternehmen, gemeinsam mit der Mittelstandsvereinigung. Ich esse zu Hause Mittag, lese die lokalen Medien, dann fahre ich zu meinem Bürgerbüro in K. in der Clemensstraße. Heutiger Schwerpunkt ist die Bildungspolitik. Am Nachmittag ist eine weitere Bürgersprechstunde im Rathaus. Ein Treffen mit den Trägergesellschaften der großen Krankenhäuser in K. schließt sich an. Wird das Klinikzentrum nicht zu groß? Es wird viel diskutiert, aber wir kommen zu keinem Entschluss. Ich gehe mit meiner Frau einkaufen und habe noch ein paar private Termine. Dann ein Besuch in der Ketteler-Siedlung in M.. Am nächsten Tag soll ein

Pressegespräch mit dem Bürgermeister der Stadt Bendorf stattfinden. Ich hangele mich so durch und dann folgt die Fahrt in mein Bürgerbüro. Dann noch ein Besuch bei der Arbeitsagentur und ein Treffen mit den Geschäftsführern des Forums. Meine Arbeit für heute ist zu Ende.

Seit heute gehe ich in der Mittagspause ins W.er Schwimmbad. Gegen den Stress. Ich schwimme zehn Bahnen, fünfhundert Meter und fühle mich danach ausgeglichener. Hinterher liege ich auf meinem Handtuch und betrachte die Umliegenden. Die griesgrämige Dicke mit dem gefärbten Pony, die an einem der Tischchen sitzt und ihren Cappuccino schlürft. Die Fünfzigjährige auf der Liegewiese, die gerne aussehen möchte wie fünfundzwanzig, mit ihrem tiefrotgefärbten Haar. Aber wie ich gesehen habe, schwimmt sie jeden Tag tausend Meter, in schönstem Kraulstil und wechselt unter einem schmalen Handtuch von ihrem Badeanzug zu einem kleinen Bikini. Ein dickes Mädchen hangelt sich an der Leiter empor, die aus dem Wasser führt. Ich gehe immer die sieben Stufen hinunter ins Wasser, springen will ich nicht. Der Bademeister sitzt mit roter Baseballkappe und weißem T-Shirt in kurzen Hosen auf seinem erhöhten Podest, breitbeinig, und beobachtet die Schwimmenden. Hinter ihm wölben sich die Baumkronen der drei Linden. Auf der anderen Seite der Mosel das mit Laubbäumen bewaldete Ufer. Das Dreimetersprungbrett ist fast immer leer. Wenn aber ein paar Jungen springen, beobachtet sie der Bademeister ganz genau. Rechts vom Becken stehen Bänke, auf die ein paar ältere Frauen abonniert sind. Dahinter verläuft ein Plattenweg bis ganz nach hinten auf die Liegewiese. Der Eingangsbereich ist großzügig angelegt. Hier kann man sich an Bistrotischen und -stühlen unter weißrotgestreiften Sonnenschirmen erholen. Viele machen davon Gebrauch. Links auf der anderen Seite des Plattenzugangs liegen die Umkleidekabinen und die Toiletten. Ein paar sorgfältig gepflegte Blumenbeete. Wenn meine Schwimmstunde herum ist, gehe ich ungern wieder nach Haus. Verena wartet auf mich und sagt mir, ich solle mir noch mehr Ruhe gönnen. Aber ich bin Abgeordneter und habe Pflichten. Verena ist fünf Jahre älter als ich. Während meines Mandats, das jetzt fünf Jahre dauert, hat sie mich gecoacht. Und jetzt lege ich mir eine Jüngere zu! Ist das fair? – Ich weiß, dass es nicht fair ist, aber was soll ich machen? Das Kreatürliche geht voran. – Wie lange das mit Delphine dauern wird, weiß ich auch nicht. Aber wir sind jetzt durch unsere gemeinsame Tätigkeit und die Schwangerschaft stärker aneinander gebunden als durch eine Ehe. Hat sie das gewollt? – Ich habe jetzt eigene Ansichten. Aber was sind sogenannte „Ansichten" wert, wenn jemand sie bis zum Selbstmord durchsetzt und dann niemand mehr die eigentliche Motivation hinterfragen kann. Man blicke auf Arthur Köstler, der den Stalinismus kennenlernte, einmal sowjetische und einmal proamerikanische „Ansichten" äußerte. Fast jeder ist von dem, was durch viele Zufälle in seinen Kopf gekommen ist, überzeugt. Für was soll ich mich als Politiker überhaupt einsetzen? – Für mein Land? – Aber ein Blick in die Geschichte lehrt uns doch, wie schnell Ländergrenzen wechseln können. – Für mich selbst? – Aber ich sehe doch, dass das Ich aus lauter Fremdidolen zusammengesetzt ist. Ich weiß nicht, wer ich bin, und schon Goethe hat uns gelehrt, nicht danach zu fragen. „Das Bewusstsein ist keine hinlängliche Waffe", hat er gesagt. Ist es das Geld? Ich habe im Monat knapp fünf-tausend Euro netto. Nicht wenig, aber doch weniger, als die Reichen haben. Ja, ich gebe es zu, ich beneide die Rei-chen, denn für sie gelten keine Gesetze. Sie beeinflussen die Richter, und vor Gericht gewinnen sie meistens. Ja, ich kann wohl sagen, dass ich die Klasse, deren Interessen ich vor dem Bundestag vertreten soll, hasse. Kein bösartiger, aber ein kalter Hass. Ich habe in K. Bekannte, natürlich nur meines Mandats wegen, die am liebsten das Wort „kaufen" sagen. Ja, eigentlich möchte ich selber reich sein, und dann gehöre ich selbst zu ihnen und kann mich selbst beneiden. Wer hat diese Syllogismen in mein Gehirn geschrieben? – Der Allmächtige oder der Teufel? „Je weniger Europa leis-ten kann, desto mehr gewinnen nationale Maßnahmen an Bedeutung", stand heute in der Zeitung. Der Innenminister hat es gesagt. In diesem Satz wird einfach blind voraus-gesetzt, dass Europa in der Flüchtlingsfrage nichts leisten kann. Masterplan! – Dagegen werde ich vorgehen. Ich will nicht, dass eine populistische Partei an die Macht kommt, obwohl es früher oder später geschehen wird. „Wer wird ihn dann beschützen …", hatte Goethe gefragt. Digitali-sierung? – Ich gebe doch meine Innenwelt nicht an die Software ab!

Wenn ich, auf der B 416 vom Schwimmbad kommend, die Einfahrt zum Dorf unter der Einbahnstraße abbiege, bewundere ich das große, helle, palastartige Restaurant mit dem großen schmiedeeisernen Balkon und den roten Sonnenschirmen unten vor dem Haus. Ich wende mich nach rechts und fahre neben der Bahntrasse, die ganz W. mit Lärm erfüllt, an dem Bruchsteinhaus vorbei, an das ein kleiner, weißer Kiosk angeschlossen ist, zur Straße hin, die neben der Bahntrasse verläuft, die den Rand von W. überwölbt. Die Trasse wirft mächtigen Schatten, und unter ihr befinden sich, wie unter einer Brücke Abstellplätze für die Autos. Überall haben die Weinwirte Stühlchen und Bistrotische herausgestellt, Blumenkübel dazwischen gefügt, was den Eindruck erweckt, man wäre auf einer Gartenschau. Der Sendemast rechts ragt wie ein stählerner Finger in den blauen Himmel. Links um die Ecke zur Apotheke, die jahrelang ein guter Freund von mir gepachtet hatte. Gegenüber rechts vor der Sparkasse stehen die geparkten Autos, links ist die Apotheke in einem denkmalgeschützten Gebäude. Es ist eine idyllische Lage an der Mosel, die dieses schöne Weindorf hat.

W. hat eine tief in die Zeit reichende Vergangenheit. Das Dorf hat zweitausendvierhundert Einwohner und ist eins der schönsten Dörfer in Deutschland. Es wird erstmals im Jahr 865 in einer Urkunde erwähnt. In der Reformationszeit wurde W. evangelisch. Nach dem Wiener Kongress 1815 gehörte es zur preußischen Rheinprovinz. Bei einem Rundgang erfährt man von dem siebenhundertausend Jahre alten W.er Faustkeil, dem ersten bearbeiteten Gebrauchs- und Kriegsgerät des Menschen. Der Autobauer August Horch ist hier geboren. Wir haben auch viele kulturelle Veranstaltungen. Alle zwei Jahre die W.er Kunsttage und das älteste Winzerfest Deutschlands, das W.er Moselfest. Bei all diesen Veranstaltungen trete ich manchmal mit einem kleinen Text als Gastredner auf.

Verena und ich haben uns vor fünfzehn Jahren auf einem Weinfest kennengelernt. Damals hatte ich gerade mein Erstes Juristisches Staatsexamen. Sie stand am Weinbrunnen und fiel mir durch ihren langen, blonden Zopf auf.

Ich fragte sie, ob sie mit mir anstoßen würde, und sie nickte nur. So kamen wir ins Gespräch, tanzten miteinander und verlobten uns nach drei Monaten. Die Referendarzeit in Rheinland-Pfalz war noch mal hart. Aber schließlich wurde ich Anwalt. Im Wahlkampf vor fünf Jahren gewann ich ein Direktmandat. Danach und weil ich mich bewährt hatte, einen Listenplatz. Seitdem pendele ich regelmäßig zwischen W. und Berlin hin und her. In Berlin zunächst in möblierten Zimmern wohnend. Dann dieses Zweizimmerrappartement in der Schumannstraße. Wo jetzt Delphine fast mit eingezogen ist. Meine Ehe mit Verena ist langweilig. Die Zeit verändert viel, vielleicht auch die Kinderlosigkeit. – Fünfzehn Jahre Ehe, mein Gott! – Als gäbe es nur das! – Verena hat Slawistik studiert, aber nicht abgeschlossen, und schlug sich als Sekretärin durch. Anfangs hat sie auch für mich gearbeitet, aber das Haus lag ihr mehr. Die durchschnittliche Beziehung hält in Deutschland vier Jahre, die durchschnittliche Ehe fünfzehn. Da wären wir also soweit. Wie viele andere Ehen, die sich in letzter Zeit als brüchig erwiesen haben. Was war es? – War es die Einsamkeit in diesem kalten Berlin? – Das Alleinsein? – Oder einfach die Versuchung durch ein junges Ding im Schwimmbad? Verena und ich frühstücken morgens zusammen, sie weckt mich, weil sie früher wach ist. Ich absolviere meine Pflichtübungen als Abgeordneter meines Wahlkreises und schaue zwischendurch bei einer Anwaltskanzlei vorbei, bei der ich einsteigen will, wenn man mich als Abgeordneter nicht mehr braucht oder will. Die einfachste Antwort auf die Frage, wie man es schafft, für immer zusammen zu bleiben, lautet: indem man sich nicht trennt. – Wir haben uns auch nicht getrennt, es ist nur etwas dazwischen geraten. Vielleicht wird sie sich, wenn sie von Delphine erfährt, einem Online-Dating-Anbieter zuwenden. Aber wir leben immerhin noch in einem gemeinsamen Haus. Das ist laut „Spiegel" ein Bindungsfaktor. Wir teilen auch dieselben Werte, aber eigentlich haben wir uns nichts mehr zu sagen. Dreimal am Tag soll man sich neunzig Sekunden unterhalten. Das stimmt bei Verena, aber bei Delphine ist es mehr. – W., ein kleines Moselweindorf mit viel Klatsch. Und auch einem schönem Schwimmbad. Die älteren Frauen kommen aus ganz K. hierher, um in dem klaren Quellwasser des Fünfzigmeterbeckens ihre Bahnen zu ziehen. Kein Ausländer weit und breit zu sehen, wie auf dem K.er Oberwerth. Ich weiß nicht, woher das kommt. Unser Wein geht in die ganze Welt. Unsere Wanderwege zwischen den Weinbergen sind berühmt. Und unser Flughafen, hoch über den Weinbergen, ist für einen so kleinen Ort einzigartig. Meine Nachbarn hier in W. …, und dann deren Flirt mit dem Geistigen. Kurse in Töpfern und in Zen-Buddhismus. Kegel- und Volkstanzabende. – Vielleicht bin ich doch der geborene Einzelgänger.

3. Alltag und Anderes

Meine Frau ist in der Zwischenzeit zu einem Heilpraktiker gegangen, angeblich weil sie es in unserer Ehe nicht mehr aushält. Der hat ihr eine Gruppentherapie verordnet, die von ihm geleitet wird. Ich muss aufhören, sie mit selektiver Wahrnehmung zu sehen. Sie „riecht" aber, dass in unserer Ehe etwas nicht stimmt. Sie kommt mir in letzter Zeit in mancher Hinsicht intolerant und rachsüchtig vor. Den Neunzigsekundengesprächen mit mir geht sie aus dem Weg. Geste, Pose, Ungerechtigkeit: Sie verwendet meine Abgeordnetentätigkeit in Berlin gegen mich. Sie versucht neuerdings, mich abzuschätzen, und meine vorhersehbaren Reaktionen für sich einzusetzen. Von Delphine kann sie jedenfalls nichts wissen. Aber gern hat sie mich doch, das spüre ich. Heute Nacht träumte ich, ich sei im Parlament, das eine Art Schwimmbad ist. Ich bin als einziger nackt. Es ist eine Mischung aus Fußballerumkleideraum und Sauna. Ich bin trotzig, wohl auch befangen, verlegen. Aber dann sitzt der Berliner Parlamentspräsident auf einer der langen, flachen Bänke. Ich rede ein paar unverbindliche Worte mit ihm, suche dann aber in meiner Tasche nach ein paar Badehosen. Ich finde einen dunkelblauen Minislip, den ich mir einmal aus Sizilien mitgebracht habe, dann aber die alte hellblaue Frotteebadehose, die mir mein Vater kaufte, als ich neunzehn war. Die ziehe ich über. Ich brauche unbedingt ein Auto, um zu Delphine zu kommen, aber mit dem Wagen von W. nach Berlin ist es zu weit. Zunächst bekomme ich einen Citroën, den irgendjemand einfach knackt. Der Verkehr ist aber zu stark, und so überlege ich mir, ob ich nicht einen Umweg fahren soll. Ich tausche den Citroën gegen einen Smart. Durch Zufall finden wir in einer Kneipe einen Jugendfreund von mir wieder – er ist der Besitzer! Wir sind alle belustigt und erstaunt und machen auf einem ganz kleinen viereckigen Blatt Papier eine Art Kaufvertrag. Ich wache auf, und im Laufe des Tages vergesse ich den Traum. Ich muss meinen Wert gegenüber Verena sehen. Die Therapiegruppe hat sie selbstbewusst und dominant gemacht. Vor allem ist es offensichtlich mein Schicksal, dass ich ständig denken muss; denken, nachdenken, Ideen produzieren und vor allem manchmal auch etwas niederschreiben. Wenn Verena in ihrer Gruppe so weiter macht, kommt sie mir bestimmt eines Tages auf die Schliche. Ihre Intuition ist merklich gewachsen. Eigentlich könnte das ja auch mir als Ehemann zugutekommen, aber der Gedanke an Delphine drängt solche Überlegungen zurück. Eine Ehe ist eine Ehe ist eine Ehe.

Sie wirft mir Unfähigkeit vor, erwachsen zu werden, obwohl ich Bundestagsabgeordneter bin. Sie hört in dieser Therapiegruppe die angeblich neuen Wörter und wirft damit um sich: Lebensmitte, Midlifecrisis, frühe Kindheit, Ehekrise, Trennung auf Zeit, innere Prozesse entschlüsseln … und so weiter und so weiter. Dieser Typ glaubt, auf der Höhe der Zeit zu sein, wie manche andere. Aber er schleudert nur die Modewörter der frühen 70er Jahre heraus. Sie wirft mir vor, sie würde krank werden, wenn sie mit mir nicht wie mit den Leuten in der Gruppe reden könne. Ihre Magenschmerzen seien die somatische Antwort auf eine psychische Krise. Die Lebensmitte sei eine Zeit, in der menschliche Beziehungen in mehrfacher Hinsicht „neu verhandelt" werden müssten. Was bei dieser „Neuverhandlung" herauskommen soll, weiß ich nicht. Sie schreibt, es gelte sich mit den eigenen Bedürfnissen und inneren Notwendigkeiten bewusster auseinander zu setzen. Ja, wenn wir Kinder gehabt hätten … Ich weiß, dass ich nicht mehr von vorn anfangen kann. Aber ich habe in Berlin immerhin noch Delphine. Ist sie das, was meine Frau ein „krisenhaftes Symptom" nennt? Wie Promiskuität, Alkoholismus … Ich kann es nicht mehr hören, besonders das Wort psychosomatisch. Jetzt hat die Religion sie noch im Griff. Sie geht jeden Sonntagmorgen in die Kirche. Nach dem Gottesdienst fängt sie an, von Verzicht, Unterordnung und Demut zu schnattern. Lebenshilfe, die brauche ich weder von der Kirche noch von den Psychos. „Du richtest dich in einer Lebensform ein, als ließe sich in ihr leben!" hat sich mich zuletzt angeschrien. Ich bin froh, dass die parlamentarische Sommerpause zu Ende ist! Ich kann wieder nach Berlin!

Gott sei Dank bin ich drei Tage später wieder in Berlin. Delphine hat sich bisher nicht sehen lassen. Was ist mit dem Kind? Sie will es unbedingt haben. Drei Tage nach meiner Wiederankunft meldet sie sich. Sie hatte zu tun. Die Beziehung mit ihr ist besser als die Beziehung zu Verena. Aber wir führen das eintönige Leben eines Agenten. Der

Typ aus Brüssel hat sich mit uns im Green Door in Schöneberg verabredet, eine der schönsten Bars. Das Green Door ist ein Klassiker unter den Berliner Bars. In minimalistischem Ambiente mit grünen Wänden genießen junge Großstädter erstklassige Cocktails und Drinks. Wir trafen uns dort an einem Mittwoch, denn am Wochenende platzt der Laden aus allen Nähten. Wer hinein möchte, muss eine Klingel an der Tür betätigen. Jetzt will er doch mehr von mir. Ich soll den Inhalt aller Gespräche, die ich auf den Fluren, in der Parlamentskantine aufschnappe, schriftlich wiedergeben. Mit Namen und Status der beteiligten Personen. Doch ich gebe eigentlich nur weiter, was man in jeder Tageszeitung lesen kann. Eigentlich bin ich ein Doppelagent, denn meine eigenen Ziele verfolge ich auch wie ein V-Mann. Ich fotokopiere und fotokopiere, nehme mit meinem Handy Dokumente auf und verpflanze alles auf die andere Seite. Bei Abstimmungen gebe ich meine Stimme den Anträgen, die man mir anweist. Beim zweiten Treffen in der Victoria Bar in der Potsdamer Straße, einer Bar mit 1960er Jahre Atmosphäre und gedämpftem Licht versucht er mir klarzumachen, dass ich Minister werden soll und dann auf das warten soll, was man mir sagt. Von wem kommen die Befehle überhaupt? – Als ob man nicht merken würde, wenn ein Einflussagent im Parlament sitzt … „Der Geheimdienst wird in Zukunft zu eurem künftigen Leben dazugehören und auch zum Leben aller Europäer!" hat der Typ gesagt, als er sich verabschiedete. Delphine und ich spazieren nach dem Gespräch noch eine Dreiviertelstunde durch das Diplomatenviertel. Durch die Hofjägerallee zum Tiergarten. Dann durch die Leipziger Straße ein Stück nach Kreuzberg und wieder zurück. Zu Hause sprechen wir über Politik. Warum hat sich der Gedanke, dass Menschen ihre Arbeitskraft verkaufen wie eine Ware, nicht gehalten? Delphine, die sich einmal als Anarchistin outete, weist im Gespräch immer wieder auf die „soziale Bedingtheit" unseres Handelns hin. Ich erwidere, dass soziale Bedingtheit die individualpsychologische Lösung nicht ausschließe.

Nachts träume ich, ich bin irgendwo im Berliner Scheunenviertel zwischen Chausseestraße und Torstraße. Ich habe dort irgendwo eine nicht besonders gut gebaute kleine Frau angesprochen. Ich bin zwar am Abend oder Nachmittag mit Verena verabredet, aber ich mache es doch. Ich nehme sie mit in mein Haus, das irgendwo zwischen Tiergarten und Hansaviertel steht. Es ist offenbar ein älteres Haus, unverputzter Bimsstein, mit Ofenheizung, das ich wohl „billig" bewohne. Ich lege mich mit der Frau auf das Bett im Schlafzimmer, das dem Schlafzimmer meiner Eltern ähnelt. Erst sträubt sie sich, aber dann kommen wir doch zusammen. Dabei merke ich und erkenne, wie dürftig, dünn und fleischlos sie ist. Ist es ein Traum, der mit Delphine zu tun hat? Vielleicht fehlt es ihr tatsächlich an geistiger Substanz. Aber ihre Jugend und ihre Unbekümmertheit faszinieren mich. Sie ist jetzt im dritten Monat und hat sich ziemlich eng an mich angeschlossen. Sie teilt meinen körperlich Un- und Widerwillen gegen die Figuren im Parlament, die nur Machtwillen verkörpern. Sie würden ihre eigenen Vorstellungen und Ideologien gegen mehr Geld schnell verkaufen. Das, was ich tue, tue ich nicht des Geldes wegen. Diese grinsenden Rechthaber, die sich da oben in ihrer kleinen Enklave immer im Recht wissen können. Am Ende bin ich auch gegen den Kapitalismus. Vielleicht? Man braucht nur hinter die Kulissen zu schauen. Der Parlamentspräsident kennt seine „Pappenheimer". Jedes Gespräch hinter dem Rücken eines anderen nützt seinem Fortkommen. Delphine ist hier in Berlin zu einem richtigen Halt geworden. Sie denkt wie ich. Vielleicht liegt es ja auch daran, dass sie jünger als meine Frau ist. Diese Jugend ist für mich ein wahres Elixier. Ich war schon öfter mit jungen Frauen zusammen, und sie wollten nichts anderes als den kurzen lebendigen One-Night-Stand. Diese hier ist anders, sie hat sich sogar ein Kind von mir machen lassen. Was will sie eigentlich? Einen Mann? Aber ich habe ja noch mit keinem Wort von Scheidung geredet. Einmal hat sie kurz angedeutet, dass sie mich gerne heiraten würde. Aber der Altersunterschied ist nicht klein. Drei Tage in der Woche übernachtet sie bei mir. Manchmal bin ich auch froh, wenn ich wieder alleine bin. Die Anrufe meiner Frau nimmt sie, wenn sie da ist, gelassen hin. Wenn sie bei mir ist, ist sie fröhlich, spontan und charmant. Wir waren neulich im Berliner Zoo, und die Art, wie sie an ein Rudel Wildziegen heranging und zu mir sagte: „Sollen wir nicht ein bisschen näher herangehen?" hatte mich sehr gerührt. Ich weiß selbst nicht, warum. Sie hat sich eine kleine Kamera gekauft, die kein Auslösegeräusch hat. Damit hat sie mich während unseres Ausflugs im Zoo fotografiert. Ich hatte nichts bemerkt, und als ich die Bilder auf dem Display sah, dachte ich, die hat ein Agent gemacht.

Delphine wollte sich heute mit unserem Kontaktmann treffen.

„Ich hab 'ne Augenentzündung", sagte Delphine, als sie wieder zurück war, „'n Gerstenkorn, das nach innen aufs Auge drückt. Ich war beim Augenarzt."

„Und was sagt der?"

„'Ne Salbe, aber die hatte ich schon vorher!"

„Dann warst du den ganzen Tag bei dem Typen im Wartezimmer?"

„Ja! War ziemlich eng da. Die Leute saßen wie die Vögel auf der Stange. Ich hab' mich aber trotzdem mit dem Kontaktmann getroffen. Ich hab 'n neues Dossier für dich."

„Allein das zu lesen dauert ja zweieinhalb Stunden. Was steht denn drin?"

„Wie du dein Umfeld vergrößern und vielleicht auch andere Leute anwerben kannst. Wie man Vertrauen erzeugt. Jeder Mensch stehe innerlich auf der Kippe, hat er gesagt, mit seiner Überzeugung ins Gegenteil umzuschwenken, wenn man dessen schwache Stellen kennt und ihn richtig anfasst. Seine Seite habe die menschlichen Fehler erkannt. – Es gebe über jeden, der in der Gesellschaft ein bisschen hervorragt, ein Dossier. Irgendwann könne er für uns, er sagte uns, nützlich werden. Die Leute würden sich auch in Europa an den Begriff der Angst gewöhnen müssen. Wir, sagte er, brauchten keinen Atomkrieg, oder nur im äußersten Fall, wir holen uns das, was wir wollen, mit Geheimdienstmethoden. Selbst Amerika habe schon einen Schritt auf sie zu gemacht."

„Schauen Sie doch auf China", war er fortgefahren, „da wirft sich eine ganze Nation, ein Volk, in eine geballte kollektive Anstrengung. Aus einem solchen Rausch ist auch das deutsche Wirtschaftswunder der 50er Jahre entstanden."

„Denken Sie mal darüber nach!"

„Ich möcht jetzt die Beine hochlegen und einfach mal ausruhen", sagte Delphine.

„Sollen wir das nicht draußen in einer Bar machen?"

„So was geht bei mir nicht!"

„Vielleicht in der Newton-Bar", nahm ich den Faden wieder auf, „sehen und gesehen werden."

„Darauf habe ich überhaupt keine Lust", erwiderte sie.

„Während des Sommers wird die lange Theke bis auf den Bürgersteig ausgezogen. Sehen wir uns das doch mal an!"

„Ich hab doch gesagt, dass mir das heute und gerade jetzt nicht passt!"

Würde ich mich jetzt mit ihr schon streiten, wie mit Verena. So lange waren wir ja noch gar nicht zusammen.

„Dann gehen wir ein bisschen spazieren", sagte sie versöhnlich, „das ist fast wie Beine hochlegen. Ich hätte gerne einen Hund."

„Du willst das Kind haben", sagte ich, „das reicht doch! – An die Öffentlichkeit darf meine Vaterschaft jedenfalls nicht kommen."

„Dafür sorg ich schon", erwiderte sie ganz ernst.

Wir fuhren mit der U-Bahn zum Tiergarten. Die grüne Lunge der Metropole ist zugleich der beliebteste Berliner Stadtpark. Er ist seit dem 19. Jahrhundert zum Naherholungsgebiet der Berliner geworden. Während wir zwischen Radfahrern, Joggern, Familien und Singles durch den Park gingen, unterhielten wir uns.

„Du wolltest doch deine Wohnung neu möblieren", sagt sie, während der Sand unter unseren Füßen knirschte. Die alten Möbel in der Wohnung des Mannes entfernen, das wollen alle Frauen, wenn sie eine neue Beziehung eingehen.

„Der abgelaugte Tisch und das Weichholzschränkchen sollten sowieso raus", erwidere ich, „ich weiß gar nicht, ob ich mir überhaupt wieder abgelaugtes Weichholz zulege. Ist doch nicht mehr Mode 2018. Ich hab auch keine Lust mehr, in die komischen Hallen zu gehen, wo diese Möbel rumstehen. Ich weiß auch gar nicht, ob da nicht Geld gewaschen wird."

„Unser Lohn ist bestimmt nicht gewaschen worden, Staffensieder", sagt sie. Sie redet mich meistens mit meinem Nachnamen an. Meine Frau sagt nur Bert, obwohl ich eigentlich Berthold heiße. Kein besonders schöner Vorname.

„Wir müssen nachher noch Blumen gießen", fährt sie fort, „deine Nachbarin gegenüber auf der Etage hat uns den Schlüssel gegeben."

Jetzt schnüffele ich also auch noch in den Wohnungen der anderen herum, statt in Parlamentsgeschäften. Der Spaziergang ist rasch beendet, und nach den Nudeln mit Tomatensauce fallen wir beide rasch in das große Futonbett. Vor dem Zähneputzen schnell noch ein Blick in den Spiegel. Ich finde, ich sehe mit meinen vierzig Jahren aus wie der Innenminister, der neunundsechzig Jahre alt ist. Ein Gesicht, das durch den Schwimmsport abgenommen hat, wie auch der Körper. Falten von den Nasenflügeln zum Mund und vom Mund zum Kinn. Die leicht höckrige Nase, wie die von Goethe und von grauen Haarsträhnen durchzogenes Gott sei Dank noch nicht gelichtetes Haar. Ich träume diese Nacht wieder etwas ganz Seltsames. Ich wohne in K. am Rhein in der Rheinstraße in dem Haus, wo früher ein großes Möbelhaus war. Ich will mit Verena in Urlaub fahren. Es ist schon alles klar. Aber wir streiten uns. Zwei Freunde von mir, Lutz und Gabriel, wollen mitfahren. Dann ist Verena wieder da. Auf einer Straße, wo wir mit ein paar Einkaufstüten auf meine Wohnungstür zusteuern, kann ich mich nicht beherrschen. Als sie nach einigen sprachlichen Fehlleistungen meinerseits erklärt, dass sie nach den Osterferien doch lieber mit ihren Eltern in Urlaub fahren will als mit mir. Ich fasse ihre Haare und ziehe und biege geschickt. – Das lässt sie aber nur um so fester auf ihrem Entschluss beharren, und sie schreit: „Ich kann dich nicht leiden, ich kann dich nicht leiden!" Ich verliere dann wohl völlig die Beherrschung.

4. Özgun und Delphine

Am nächsten Morgen frage ich mich, ob es die Therapiegruppe war, die meine Frau im Traum so etwas zu mir sagen ließ. Ich habe meinem Freund Lutz etwas davon erzählt, und er erwiderte, mit solcher Art von Gefühlsmatschlogik wolle er nichts zu tun haben. Verena sagte zuletzt zu mir, den Gedanken an Trennung, den man ihr in der Gruppe einzureden versucht, könne sie nicht akzeptieren. Daher wehte also der Wind. Wahrscheinlich steckt der Heilpraktiker dahinter. Ich fragte sie, wieviel Gruppenstunden denn noch übrig seien. Sie antwortete nicht und erwiderte: „Du bist voller Misstrauen, Angst und Hoffnung. Eine Trennung, ein erlebter vollzogener Abschied kann auch Neubeginn bedeuten."

Wenn ich das höre, frage ich mich wirklich, wo ich bin. Sie fragte mich noch, welches meine wirklichen Gefühle für sie seien. Ich sagte, ich wüsste es nicht. Sie antwortete, sie habe das Gefühl, als habe ich das Herz ihrer Aussage nicht erfasst. Mein Gott, was soll ich dazu sagen! W. lässt mir auch hier in Berlin keine Ruhe. Der Job hier in Berlin, meine Frau in der Therapiegruppe, meine Geliebte, die ein Kind von mir erwartet. Ich lebe in einer Quarantäne der

Angst. Was nützt es, wenn man ein analytisches Begriffsarsenal gegen einen Menschen auffährt und ihm doch nicht helfen kann? Das Beste, was so einem Menschen passieren kann, ist, dass er denkt, man versteht mich, aber man kann mir nicht helfen.

Jetzt holt mich mein Alltag im Parlament wieder ein. Natürlich geht es um Asylpolitik. Der Innenminister ärgert sich, dass die Kanzlerin ihn vor dem Parlament getadelt hat. Ich nehme an, er wird es ihr zurückzahlen. Warten wir die Gazetten der nächsten Tage ab. Was die Transitzentren des Innenministers vorstellen sollen, weiß so richtig niemand. Am Ende sind es doch nur große Sammellager. Aber das Persönliche spielt eine größere Rolle als das Sachliche. Die Schwesterparteien können sich wieder einmal nicht auf ein gemeinsames Statement einigen. Die Kanzlerin wahrt wenigstens nach außen die Contenance. Der Innenminister, der in der Öffentlichkeit den Eindruck eines Zögerers, eines „Cunctators" gemacht hat, versucht damit seine Härte zu kaschieren. Ich merke mir alles, diktiere das Wichtigste auf mein Handy und lasse es dann der anderen Seite zukommen. Irgendwann wird man sich wohl darauf einigen, Flüchtlinge an der Grenze abzuweisen. Die Kanzlerin wird das auf Dauer nicht verhindern können. Gesamteuropa tut so, als ginge es alles nichts an. Alle Parlamentsmitglieder haben ihr Handy griffbereit. So geht es wochenlang, bis ich wieder in meinen Heimatkreis muss. Und Delphine hier allein mit dem Kind im Bauch zurücklassen muss.

Ich fliege wie immer mit der Cessna und mein Pilot landet auf dem Flugplatz von W.. Ich fahre die Serpentinen hinunter bis zu meinem Haus in der Bachstraße. Meine

Frau wird diese Therapiegruppe inzwischen wohl hinter sich haben. Sie hat gekocht, und wir führen ein halbstündiges, uninteressantes Gespräch. Über die Gruppe sagt sie nichts. Wir gehen schlafen, sie hat umgeräumt und besteht auf getrennten Schlafzimmern. Ich kann mich nicht daran gewöhnen, und nach ein paar Tagen quetsche ich mich einfach zu ihr ins Bett. Aber in einem Einzelbett kann man zu zweit auch nicht schlafen, und so stellt sie wieder die alten Zustände her. Gestern habe ich eine Lebensversicherung auf meine Frau abgeschlossen. Sie hat allerlei private Mythen über das Funktionieren ihres Körpers. Die Versicherung bestand auf einer gründlichen Untersuchung und einem umfassenden Check. Ihre Gesundheit ist tadellos. Sie ist nur immer müde. Vielleicht soll ich es doch noch einmal versuchen und Delphine den Laufpass geben. Mein Verhältnis zu Delphine habe ich noch gar nicht analysiert. Sie ist einfach in mein Leben hineingeschneit. Sie ist intelligent, nicht unerfahren, hatte einige Beziehungen vor mir. Sie hat auch schon einiges von der Welt gesehen, weil sie einmal für eine amerikanische Kreditkartenfirma gearbeitet hat. Ich spüre aber, dass sie mehr an mir hängt als meine Frau. Unter ihrer starken Hülle steckt ein weicher Kern, um mich einmal dieses Klischees zu bedienen. Warum will sie unbedingt das Kind? Sie weiß doch, dass ich sie nicht heiraten kann, ohne meine Karriere zu zerstören. Aber was heißt Karriere? Ich lebe ja jetzt zwischen den Welten, genauso wie sie.

Verena hat sich in der Zwischenzeit mit ihrer Gynäkologin angefreundet, einer jungen Türkin, attraktiv, unverheiratet, die Özgun heißt. Ein Bild von einer Frau. Vielleicht fünfunddreißig, also zehn Jahre jünger als meine eigene. Hübsch, mit einer tollen Figur. Sie trägt so knappe Tops, dass ich gar nicht hinschauen mochte, als sie bei uns zum Tee war. Sie ist die aufgeklärte Türkin der dritten Generation. Ihr Vater war in K. bei der Müllabfuhr, und sie hat eine ganz neue Praxis im ADAC-Haus in der Luisenstraße. Ich glaube ganz sicher, dass diese gynäkologische Praxis nur von ganz reichen Frauen besucht wird. Özgun versteht ihre Patientinnen, macht sich aber doch ein wenig über sie lustig. „Die Frauen haben alle Angst vor Krebs", raunt sie mit ihrer leicht heiseren Stimme, „sie wollen alle mit über fünfzig noch ein Kind. Spätbesinner!" – Aber sie versteht sich mit allen ihren Patientinnen gut. So gut wie mit Verena, die, wie ich glaube, an der Spitze ihrer Freundinnen liegt. – Özgun erzählt am Teetisch, dass sie für sich türkisch kocht. Ab und zu ein Mann. Über das Kopftuch lacht sie nur. „Ich bin trotzdem für Allah", lacht sie, wenn sie gefragt wird und meine Frau stimmt ihr zu. Sie geht in letzter Zeit wieder ab und zu in die Winninger Kirche. Als Verena während meiner Abwesenheit eine schwere Bronchitis bekam, hat Özgun sie gepflegt. Özgun ist jünger, aber auch attraktiver als Verena. Vor der Ehe hat sie großen Respekt. Sie wird sicher einmal einen Juristen heiraten, einen mit viel Vermögen. Jedenfalls hat sie kaum Bekannte in der Unterschicht. – Sie bereichert die Beziehung zwischen mir und Verena. Wir sind uns wieder etwas näher gekommen, während Delphine in Berlin das Kind erwartet. Also hat unsere Kinderlosigkeit doch an Verena gelegen, anders, als es mein Androloge behauptet hat. Warum Delphine in Berlin von mir, einem relativ fremden Mann, ein Kind austragen will, ist mir schleierhaft. Aber ich kann sie ja nicht daran hindern. Sie ist selbstständig und autark.

Vielleicht hat die andere Seite ihr dazu geraten, um mich besser in den Griff zu bekommen. Aber so wichtig bin ich auch wieder nicht. Delphine hat mir gestanden, dass sie auf einer Party an einen der zahlreichen „Romeos" in Berlin geraten ist, abhängig wurde und hängengeblieben ist. Auf mich abgerichtet worden sei sie nicht. Und ich glaube ihr. Was soll man eigentlich mit einem wie mir? – Dazu hatte sie eine Feministen-Mutter, die heute fünfundsechzig ist, und hat sich schnell von ihrer Familie emanzipiert. Die Männer waren für ihre Mutter Machos oder Schweine. Vielleicht fühlt sie sich deswegen zu älteren Männern wie mir hingezogen!

Özgun hat eine große moderne Wohnung in der Hohenzollernstraße. Mitten in der Stadt. Sie sagt, sie braucht das, nicht weit von ihrer Praxis. Sie hat uns schon ein paarmal zum Essen eingeladen. Ich kenne inzwischen türkische rote Linsensuppe, türkischen Auberginen-Eintopf mit Tatar, Weißkohl mit Hackfleisch und Reisfüllung, und Künefe, eine türkische Süßspeise aus Wasser, Zucker, Zitronensaft, Butterschmalz und Traubensirup. Ich habe hier in K. schon drei Kilo zugenommen. Özgun ist so modern, aufgeklärt und ehrlich. Jedenfalls hat meine Frau eine wirkliche Freundin gewonnen. Das Leben hier zwischen W. und K. beginnt mir mit unserer neuen Bekanntschaft zu gefallen. Wenn die Angst wegen Delphine und wegen meiner Agententätigkeit nicht wäre! Özgun schaut mir, während ich ein Häppchen nach dem anderen nehme, tief in die Augen. Aber sie würde nicht einmal einen Versuch wagen, in eine Ehe einzudringen. Von ihren Patientinnen weiß sie, was alles daraus entstehen kann. Vielleicht ist diese neue Freundschaft zwischen Verena und Özgun sogar

Verenas Therapiegruppe zu verdanken. Jedenfalls habe ich gemerkt, dass Özgun mir einen Seitensprung nicht zutraut. Ich phantasierte über Özgun: Seitensprünge. Wieviel Geld oder Geldaura würde man ihr bieten müssen, damit sie mit einem Mann, der natürlich nicht unattraktiv sein durfte, ins Bett ging? Fünfzigtausend, hunderttausend, eine halbe Million? Auf was hatte ich mich da mit meinen Gedanken eingelassen? Ich, auf den in Berlin eine schwangere Geliebte wartete! – Wie kam die überhaupt mit ihrer Schwangerschaft zurecht? – Sie hatte mir gegenüber kein einziges Wort darüber verloren.

Wir gehen jetzt öfter zu dritt in K. aus, und jeder denkt, ich halte mir zwei Frauen. K. bietet einiges, außer der Altstadt, in die man nachts nicht mehr gehen kann. Wir beobachten die Leute und machen uns über sie lustig. Wenn ich für das Verhalten eines von uns Beobachteten eine naheliegende Erklärung suche, sucht Verena nach einer psychotherapeutischen. Özgun stimmt mir meistens zu. Der Heilpraktiker scheint bei Verena einiges in Unordnung gebracht zu haben. Neulich saßen wir nachmittags im Biergarten der Rheinterrassen, als ein Obdachloser mit Fahrrad und kleinem Anhänger mit seinen Siebensachen vor uns hielt. Ich wollte ihm etwas geben, aber Verena hinderte mich daran. Da griff Özgun in ihr Portemonnaie und gab dem Mann einen Zwanzigeuroschein. Als sie das Geld übergab, duzte sie ihn. Ich war ziemlich verblüfft, und der Mann zog mit einem heiteren Gesicht ab. – Wir blieben noch eine Weile sitzen, und Özgun erzählte von ihrer schwierigen Kindheit und ihren guten Schulleistungen. Eine Generation früher wäre sie noch mit einem Cousin verheiratet worden. Aber sie war klar und souverän, und mit Verena verstand sie sich ausgezeichnet. Warum ging es mir nicht ähnlich? Wir aßen oft in der Stadtkrone in der Oberen Löhr, denn Özgun mochte, trotz ihrer blendenden türkischen Kochkunst, die jugoslawische Küche. Sie war in K. total integriert und hielt gute Beziehungen zu den Gattinnen der Geschäftsinhaber. Sie wurde gegrüßt, sie war aufgestiegen. – Delphine lebt jetzt allein in Berlin, geht in meiner Abgeordnetenwohnung aus und ein und wartet, dass es mit dem Kind soweit ist.

„Willst du nicht mal heiraten?" fragte Verena Özgun in meiner Anwesenheit.

„Ich bin den deutschen Männern zu stark, und den türkischen sowieso", antwortete sie leicht belustigt.

„Özgun hat noch Zeit", sagte ich, „auch für Kinder."

„Ich will keine Kinder", fuhr Özgun dazwischen, „vielleicht Jungens, die werden dann wie diese komischen Rapper."

Ich sagte ein paar versöhnliche Worte, und wir erhoben uns.

„Du musst nächste Woche wieder in Berlin sein", sagte meine Frau säuerlich, während wir standen, „dann gehen Özgun und ich auf Männersuche!"

„Ich gönne es euch", sagte ich milde.

In Berlin hatte mich der Abgeordnetenalltags wieder. Mit Delphine brauchte ich eine lange Anlaufzeit. Sie erzählte, wir sollten uns morgen im Schlosspark von Schloss Charlottenburg mit meinem Kontaktmann treffen, in dem weitläufigen englischen Landschaftsgarten des 19. Jahrhunderts. Er würde vor Belvedere auf mich warten. Es war wieder der untersetzte Typ aus Brüssel mit den straff zurückgekämmten schwarzen Haaren. Wir taten, als

43

lustwandelten wir auf den Parkwegen, und er ging gleich auf mich los.

„Ich habe nicht den Eindruck, dass die deutschen Abgeordneten den Ernst der Stunde begriffen haben", fuhr er mich an, „sehen Sie nicht, dass der Westen zerfällt? Sie und ich, wir können es nicht aufhalten. Also arbeiten wir für das, was danach kommt. Der Westen entstand im Krieg gegen Nazi-Deutschland und im Kalten Krieg gegen die Sowjetunion. Es gibt ihn schon fast nicht mehr. Schauen Sie doch auf Amerika! Unser Populismus wird sich nicht aufhalten lassen. Werden Sie Minister, dann können Sie noch mehr für uns tun."

„Wie stellen Sie sich das vor? – Da ist auch noch China!"

„Wir brauchen China nicht", erwiderte er, „wir machen eine konzertierte Aktion mit der ganzen Welt! Der Naturzustand der Menschen ist nicht Friede und Wohlstand."

„Haben Sie denn ein neues Narrativ?"

„Die Narrative sind alle schon im Kopf, wir brauchen sie nur abzurufen!"

In dieser Nacht bekam ich wieder Angst und wachte mit heftigem Magendrücken auf. Konnte der Nationalstaat die anstehenden Probleme wirklich besser lösen? – Die Menschen haben ein Bedürfnis nach Gemeinschaft und Identität. Wir Eierköpfe fühlen uns wohl in einer kosmopolitischen Welt mit dem Privatflieger! – Aber die anderen? – Wie sieht das Innenleben eines Agenten aus, wenn er solche Gedanken hat und zudem noch Abgeordneter ist? Ich erinnerte mich, wie der Kontaktmann gesagt hatte: „Warten Sie noch fünf Jahre, dann können die Euch ganz legal an den Kragen!" Was sind das eigentlich für Leute, für die ich illegal um drei Ecken herum arbeite? Ich brauche mir nur manche Regionalprogramme im Fernsehen anzusehen, dann weiß ich, wie unser Fernsehen in zehn Jahren aussehen wird.

Die nächste Zeit gingen wir viel ins Kino oder sahen uns alte Hitchcock-Filme auf DVD oder Blueray an. Delphine fand „Die Vögel" am besten, wo die metaphysische Mutter den Kosmos in Aufruhr und Unruhe versetzt. Mir gefiel „Ich kämpfe um dich" von 1943, weil dort Gregory Peck nach seiner vergessenen Identität sucht. Und der Schluss, in dem Ingrid Bergmann sich fast dem Mörder ausliefert, und die Pistole des Selbstmörders sich auf den Zuschauer richtet, ist unvergleichlich. Delphine fing an, für mich zu kochen. Zudem bot Berlin viel. Wir gingen oft in den Zwiebelfisch, in diesen Klassiker der ergrauten Charlottenburger Szene, wo sich die letzten 68er an die große Zeit der Studentenbewegung erinnern. An der Wand hängen Fotos von den Künstlern, die hier zu Gast waren. Oder ins Café M mit der lauten Rockmusik. Wir nahmen meistens einen Tisch im Freien, weil es da ruhiger war. Delphine zog es ins Kumpelnest 3000 in der Lützowstraße, eine ehemalige schrille Rotlichtbar, in der ein erstklassiger Cocktail serviert wird. Während ich noch einmal in K. meinen Wahlkreis bediente, kam ein Typ in mein Bürgerbüro und erklärte, er sei Herr Naunheim und käme von der Versicherung.

„Welche", fragte ich.

„Von der Lebensversicherung Ihrer Frau!

„Ihre Frau ist fünfundvierzig", fuhr er fort, als hätte das etwas zu sagen. Dieser Typ traute mir nicht, das hatte ich auf den ersten Blick gespürt. Traute man mir

Versicherungsbetrug zu? – Er sah aus wie ein Versicherungsdetektiv. Vielleicht einen Meter fünfundfünfzig klein, dick, auf einem verfetteten Hals saß ein Gesicht, unter den Augen zugeschwollen. Er war vielleicht dreißig, und die nassblonden Haare schienen auf der Frontseite schon licht zu werden. Er hatte Hamsterbacken und trotz seiner Fülle ein Misantropengesicht. Er trug einen zu engen Anzug ohne Krawatte und eine hellbraune Aktentasche unter dem Arm.

Ich redete nicht lange, komplementierte ihn schnell hinaus und machte mich nach Berlin auf.

Gott sei Dank war Delphines Nichte in Berlin zu Besuch, die Tochter ihres ältesten Bruders. Das lenkte ziemlich ab. Mit der gingen wir in die Eastside-Galerie, früher Mauer, heute längste Freiluftgalerie der Welt. „Viele kleine Leute, die in vielen kleinen Orten viele kleine Dinge tun, können das Gesicht der Welt verändern", steht da in großen Buchstaben auf der Mauer. Eine afrikanische Weisheit, die die Stimmung wiederspiegelt, die nach dem Mauerfall in der Hauptstadt herrschte. Wir konnten der jungen Frau ein Stück Stadtgeschichte näherbringen, denn hier existiert das längste zusammenhängende Stück Mauer in Berlin. Auch die dicke Marie, den ältesten Baum Berlins, zeigten wir ihr, der im Tegeler Forst steht. Es ist eine achthundert Jahre alte und zwanzig Meter hohe Eiche, die ihre Äste gen Himmel reckt. Das Mädchen freute sich und sagte, etwas Schöneres habe es noch nicht gesehen.

In der Nacht hatte ich geträumt, ich sei auf der französischen Teufelsinsel gefangen und flüchte durch eine Art unterirdischen Gang aus dieser Geröll- und Schotterinsel. Aber scheinbar vergebens. Denn französische

Bewachersoldaten haben mich (und noch jemanden?) entdeckt, zielen mit den Gewehren: „Hände hoch!" Ich muss mich selber fesseln, dabei schneide ich mich tief ins Handgelenk. Unten wo die Pulsadern sind. Es tut höllisch weh, und ich sage: „Alles, nur das nicht!" Ich muss es doch tun irgendwie mit weißen Binden, die haften bleiben. Am Ende versuche ich bäuchlings, durch eine Röhre hinaus ins Freie zu rutschen. Aber es geht nicht. Meine Träume werden immer angstvoller.

5. Ein Kind und Überlegungen

Der Umgang Delphines mit ihrer Schwangerschaft. Ihr Appetit wurde groß, sie futterte viel, bekam Rückenschmerzen und Anfälle von heftiger Emotionalität. Auch ihr Körpergefühl veränderte sich. Es war ein archaischer Prozess: Etwas anderes hatte das Ruder übernommen. Aber sie freute und begeisterte sich: „Ich bin schwanger!" Die Übelkeit gehörte wohl dazu. Wenn wir im Auto fuhren, hatte sie immer eine Kotztüte zur Hand, vor allem in den ersten drei Monaten. Sie bekam von dem dicken Bauch Schmerzen im Kreuz, und ihre Haut war reiner als je zuvor. Typisch für ihre Schwangerschaft war, dass sie unglaublich mitfühlend geworden war. Sie begann als meine Assistentin früher aufzuhören, vor dem Mutterschutz. Und es war auffällig, dass die Schwangerschaft sie ihre Emotionen nicht steuern ließ. Obwohl sie sonst immer beherrscht war. Einmal hatten wir uns im Supermarkt aus den Augen verloren, und sie fing an zu weinen. Sie wollte eine Hausgeburt, wollte nicht in die Klinikmechanismen, wo das Kind nach Plan zur Welt gebracht wurde, damit die Ärzte ihr freies Wochenende hatten. Zuletzt wog sie über neunzig Kilo, obwohl Frauen kurz vor der Geburt wieder abnehmen. Der Geburtstermin war falsch berechnet worden.

Ein Doktor Klinkhammer betreute sie während der Geburt, die unglaublich schwer wurde. Sie hatte keine einzige Presswehe und das Kind wurde aus dem Bauch herausgedrückt. Als die Hebamme gerufen wurde, hatten die Wehen schlagartig aufgehört. Das kommt bei vielen Frauen vor. Ein zweiter Gynäkologe traf ein und leitete die Geburt per Spritze ein. Das Kind kam ohne eine einzige Presswehe. Es war keine schöne Geburt, aber das Kind hatte keinen Hirnschaden trotz Sauerstoffmangels. Der Arzt nähte den Dammschnitt, und dann nahm er Delphine doch mit ins Krankenhaus. Jetzt war das Kind in der Welt. Delphine blieb nur eine einzige Nacht im Krankenhaus, dann waren wir wieder zu Dritt. Ich half beim Windel wechseln und sah zu, wie Delphine stillte. Einer der Rettungssanitäter, der uns in das Rotkreuzauto gelotst hatte, guckte komisch, als er meinen Namen hörte. Aber jetzt war das Kind in der Welt und wurde zum Dreh- und Angelpunkt unseres Lebens. Ich musste noch einmal nach K. in meinen Wahlkreis. Aber Verena hatte sich so eng an Özgun angeschlossen, dass sie meine Aufregung und Verwirrung gar nicht bemerkte. In Berlin zurück, konnten wir keine Nacht mehr durchschlafen. Ernestine war ein unruhiges Kind, sie hat uns aufgeweckt und gebrüllt, es war für uns ungewohnt und extrem anstrengend. Während der Dreimonatskoliken, die jeder Säugling bekommt, mussten wir sie stundenlang durch den Flur tragen, weil sie dauernd schrie. Delphine musste mit dem Essen aufpassen, denn alles, was sie aß, kam durch das Körpersystem in ihr Kind.

Wir gingen nicht allzu freundlich miteinander um. Wir mussten uns in unserer Beziehung neu finden und verstanden jetzt, warum viele Beziehungen durch ein Kind schlechter geworden waren. Die Medikamente gegen die Hustenanfälle des Kindes waren im Kühlschrank. Nachts bin ich mit Ernestine, ihr Bauch auf meiner Schulter, herumgewandert. Durch das Stillen bekam Delphine eine innigere Beziehung zu dem Kind. Sie wurde aber auch hungrig. Die Hauptmahlzeit nahm das Kind vorwiegend nachts zu sich, und das Stillen kostete die Mutter viel Kraft. Sie bekam Heißhunger auf Süßes, weil sie Energien für ihren Körper brauchte. Manchmal war sie so müde, dass sie vor dem Kind einschlief. Dann brüllte es wieder. War es nass? Wir standen auf und schauten nach ihm. Wenn wir tatsächlich einmal ins Kino wollten, mieteten wir uns eine Babysitterin. Ja, wenn wir eine Familie gehabt hätten wie die Türken! Delphine hatte nicht gedacht, dass sie einmal chronisch müde werden würde. Wir machten immer weniger zusammen. Wir hatten nicht gewusst, was es bedeutet, ein Kind zu haben. Nichts geschah mehr spontan. Als wir es einmal in ein Lokal mitnahmen, fing es fürchterlich an zu schreien, und wir mussten gehen. Ja, hätten wir mehr Kinder gehabt, dann hätten sie gegenseitig nacheinander schauen können. Delphine fühlte sich allein. Sie konnte nicht sagen, jetzt mache ich einmal was für mich! Wir mussten jede Kleinigkeit planen und uns in Richtung Regelmäßigkeit disziplinieren. Ich war jetzt fast nur noch in Berlin. – Ich meldete meine Vaterschaft an. Die Ausflüge in die Bars und Spaziergänge in die Berliner Parks konnten wir uns natürlich sparen. Ich träumte viel vom Altkanzler Kohl, der Merkel nach oben geschoben hatte.

In einem dieser Träume komme ich nach Hause in unsere alte Dienstwohnung in K.-M., wo mein Vater eine große Genossenschaft leitete. Es war eine seltsame Atmosphäre. Ich bin auf einem Schlitten über Kiesel dorthin geglitten, nachdem ich Doktor Kohl und eine andere Person abgeholt habe. Auf der Fahrt in ein bayrisches Hotel bleibt der Wagen liegen. Beim Versuch herauszukommen, löst sich der Wagen von dem lockeren Grabenrand und stürzt in den Graben und überschlägt sich. Ich war schon draußen; er stürzt an mir vorbei. Alles macht einen wüsten Eindruck. Aber alle, auch Kohl, sind unverletzt geblieben. Ich bleibe in dem Hotel und versuche – aus irgendeinem Grund – Kontakt mit Kohl zu bekommen. Ich kriege dann Kontakt zu einem älteren Mann, vielleicht der Hotelbesitzer? Dann gleiten wir mit dem Schlitten wieder über Kiesel zu unserer Dienstwohnung. Ich gehe zur Haupttür hinein. Meine Mutter und meine Schwester sitzen im Wohnzimmer, mein jüngerer Bruder im „Elternschlafzimmer". Vorwürfe, Schrecken, Trostlosigkeit. Ich weine sehr. Ich laufe dann hinüber zu meinem kleinen Bruder, der ruhig in seinem Bettchen liegt, noch wach, und presse ihn an mich. Starkes weiches Gefühl für ihn. Er bleibt glücklich zurück, als wir wieder abfahren.

Was sollte dieser Traum? Es war auch wieder ein Angsttraum. Irgendetwas spielte sich in mir ab! Die inneren Systeme zeigen durch Bilder an, was man in sich selbst nicht wahrnimmt! Der Geheimdienst hatte eine Geschichte inszeniert, die so schnell nicht enden würde!

Wir hatten jetzt in Deutschland eine völlig neue Debatte, und bei dem veritablen Mentalitätswechsel in Deutschland würden ich und Delphine nichts mehr bewirken. Wir beschlossen, uns langsam und allmählich abzunabeln. Aber wir wussten auch, wenn man einmal dazu gehörte, gehört man immer dazu. Ich würde weiter mailen, und Delphine würde weiter Fotokopien einsammeln. Ich hatte auch keine Lust mehr, innerhalb der Partei aufzusteigen. Ich habe das Gefühl, ich stehe hier, und die Partei kommt mir und denen, für die ich arbeite, immer mehr entgegen. Für welche moralischen Ziele hatte ich denn gearbeitet? Wenn man es richtig betrachtete, hatte ich mich auf die falsche Seite geschlagen. Aber was war die „richtige" Seite? Aufsteigen und mich zu einer Galionsfigur machen lassen, dazu hatte ich keine Lust. In drei Jahren würde wieder Wahl sein, und bis dahin musste ich wissen, wie ich weiterleben wollte. Als ich mich im Tiergarten wieder mit dem Kontaktmann traf, sagte ich nichts davon, sondern nahm Weisungen entgegen, neue Emailadressen und auch etwas Geld. Ich glaube, es gibt in jedem Agentenleben diese Krise. Aber bei mir und auch bei Delphine war es mehr als eine Lebenskrise. Ich war schon lange nicht mehr in K. und W. gewesen. Im Augenblick musste Verena sehen, wie sie durchkam. Sie hatte ja Özgun und ihren Heilpraktiker, obwohl ich nicht wusste, ob der noch im Geschäft war. Aber etwas hatte er doch bewirkt, er hatte ihr eine neue Freundin besorgt. Verena rief jetzt nur noch einmal in der Woche an. Allerdings dauerte unser Gespräch dann mehr als eine Stunde, bei dem Delphine aufmerksam zuhörte. War sie so zynisch, dass sie nicht mit mir darüber sprach? Sie ist nicht die Nervenstärkste, aber meine Gespräche mit Verena hielt sie aus. Es fiel mir auch nicht schwer, mich zu verstellen, denn als Abgeordneter lernt man diese Kunst schnell. Im Parlament, im Bürgerbüro, im Schwimmbad!

Aber immer den großen Mann markieren. Wenn ich mich im Ausland umsah, wird es die traditionellen großen Parteien bald gar nicht mehr geben. Da klaffte ein so tiefer Schlund, dass man den Boden nicht mehr erkennt. Die Populisten und die Computerfreaks werden nach oben gespült. Das geht an die demokratische Substanz in ganz Deutschland. Ein Abgeordneter sagt: „Small is beautiful!" Mit dieser neu entdeckten Regionalität soll der Nationalismus befördert werden. Aber ist der Nationalismus jenseits der dunklen zwölf Jahre überhaupt möglich? Ich will hier keine politische Philosophie beginnen, aber eigentlich müsste jeder so denken. Alles ist auf den Fall des Eisernen Vorhangs zurückzuführen. Die andere Seite hat gewusst, dass danach ganz allmählich die alten Parteien zusammenfallen und nicht mehr gebraucht würden. In ganz Europa! Die Democrazia Cristiana war Italiens Stabilitätsanker, es gibt sie nicht mehr. Andere Länder behelfen sich mit Minderheitsregierungen, aber das kann auch nicht ewig dauern. Jedenfalls ist mein Entschluss gefasst. Die andere Seite wird sich natürlich weigern, mich gehen zu lassen. Aber ich werde klammheimlich, langsam und allmählich aus ihrem Einflussbereich verschwinden. Zum Schein mache ich mit, jetzt bin ich also tatsächlich mein eigener Doppelagent. Wenn ich denke, was die denken, was ich denke, was die denken, was ich denke … Das ist purer Unsinn, auch wenn die Kommunikationswissenschaftler mit solchen Interdependenzen spekulieren. Wahn, Täuschung, Verstehen! Was ist Wirklichkeit? Wirklichkeitsauffassungen entstehen durch Kontingenzen. Aber hinter den Kontingenzen steht die Nichtkontingenz. Es gibt viele Lebenslagen, in denen man auf seine eigene Umsicht und Findigkeit angewiesen ist. In einer solchen Lebenslage befand ich mich zusammen mit Delphine und dem Kind. Wenn man keine innere Ordnung hat, kann man auch keine äußere finden. So kann das Suchen nach Sinnbezügen ins persönliche Chaos führen. Solche Lagen führen Geheimdienste oft herbei, hoffentlich nicht bei mir! Eine Kontingenz ist eine erfassbare Beziehung zwischen dem Verhalten und den sich daraus ergebenden Folgen. Vieles davon steht für den Glauben. Ich spielte auch mit dem Gedanken, überzulaufen und mich dem Ministerium zu eröffnen. Ich hätte wichtige Informationen über den anderen Dienst, seine Pläne und Arbeitsweisen mitbringen können. Das hätte für mein Ministerium einen geheimdienstlichen Losgewinn dargestellt. Aber für mich wäre es eine Katastrophe gewesen. Gott sei Dank hatte man mich nicht zur Sabotage aufgefordert, also konnte man mit diesem Gedanken spielen. Die Wirklichkeit eines Agenten ist seine Angst, die eines Doppelagenten noch mehr Angst. Auch die Gewissensnot ist Angst. Auch die Angst, vom Geheimdienst entdeckt und umgedreht zu werden. Wenn ich denke, dass er denkt, dass ich denke, dass er denkt, dass ich denke … Das Resultat in diesen Fällen heißt Täuschung und gegenseitige Konfusion. Wenn ich mich eröffnete, würde der Geheimdienst mir überhaupt nicht mehr trauen. Was mit solchen Leuten geschieht, wussten wir. Wenn der fremde Geheimdienst, für den ich arbeitete, mir Drohungen zukommen lassen würde, würden diese mich immer erreichen. Geheimdienst und Parlament waren für mich lebenswichtig geworden. Wenn man von beiden gegensätzliche Verhaltensanweisungen erhält, wird man dadurch in eine paradoxe Situation versetzt, in der man nur durch Ungehorsam gehorchen kann. Die Paradoxie lautet: „Tu, was ich sage, und nicht, was ich möchte." Welche der beiden Seiten, bei denen ich im Soll stand, lebt in der richtigeren Wirklichkeit? Kann ich meinen Sinnen misstrauen? Vielleicht werde ich, wie andere abgehalfterte Agenten, auf immer abwegigere und verschrobenere Weise nach Sinnzusammenhängen und Ordnung der Wirklichkeit suchen. Vielleicht hatte ja die Gegenseite unsere Wohnung verwanzt? Wenn wir Wichtiges miteinander zu bereden hatten, fuhren wir an die Müggelspree, dort war der Großstadtalltag wie weggeblasen. Wir mieteten ein Kanu und konnten uns, wie wir glaubten, frei und unbeobachtet unterhalten. Wenn uns das noch zu nachlässig schien, gingen wir auf den Fernsehturm, den höchsten Punkt Berlins. Sechs Meter pro Sekunde schafft der Fahrstuhl. In vierzig Sekunden ist man auf der Aussichtsplattform. Dort oben würde man bestimmt nicht abhören. Und man hat einen genialen Blick auf die ganze Stadt und kann erstaunliche sechzig Kilometer weit sehen. Nach unserem Gespräch essen wir im Fernsehturm-Restaurant noch eine Currywurst. Im Gespräch am Tisch stellen wir fest, dass wir uns vertrauen. Das galt für meine Beziehung zu Verena nicht. Vertrauen ist etwas schwer Fassbares, es lässt sich nicht absichtlich herbeiführen, auch nicht mit einem Vertrag. Wie viele internationale Abkommen wurden schon gebrochen! Die Sophismen, die wir benutzten, von einem Teil der Bevölkerung „Sprache" genannt, haben keine Ausdrucksmöglichkeiten für Vertrauen. Die einseitige Entscheidung Delphines für das Kind hatte das Vertrauen noch gestärkt. Ich wusste, dass Delphine mich mit dem Kind nie erpressen würde oder mir drohen würde.

6. Lebensversicherungen

Das nächste Jahr zog sich lange hin. Wir arbeiteten weiter für die andere Seite, hatten uns aber innerlich schon abgekoppelt. Delphine war wieder schwanger geworden und hatte abgetrieben. Eine Familie ernähren, die ich gar nicht besaß? Das würde die Überforderung verdoppeln. Aber nach der Abtreibung war unsere Unbefangenheit weg. Ich hätte mich liebevoller um Delphine kümmern müssen! – Viele Männer ziehen sich in einer solchen Situation zurück. Ich fühlte mich durch diese unabsichtliche Schwangerschaft angegriffen. Doch das Vertrauen, jedenfalls von meiner Seite, hielt. Ich richtete mich in meiner Lebensform ein, als ließe sich darin leben. Was heißt denn eigentlich: Illusionen verlieren? Pessimistisch werden? Durch die Brille vereinfachender Formeln sieht man die Welt sowieso. Und heißt das, am Ende so zu werden wie der komische Versicherungsdetektiv, der mich in W. aufgesucht hatte? Wenn es sich mit ein paar Illusionen und mit etwas „Glück" leben lässt, möchte ich bleiben, wie ich bin. Am Ende war ich froh, ich selbst zu sein. Wenn auch mit ein paar Macken! Die Beziehung zwischen Delphine und mir pendelte sich ein. Ernestine war unser kleiner Buddha. Wie schnell sich so ein kleines Wesen entwickelt. Ich war auch über das Es begeistert, das aus Delphines Bauch gekommen war. Wir lernten uns auf eine andere Weise kennen. Ich bin stundenlang mit dem Kind im Arm im Zimmer herumgelaufen, es dauert ja lange, bis ein Kind lächelt. Es war ein Qualitätssprung, mit dem man gemeinsam älter werden kann. Delphine hatte noch nie etwas mit Babys zu tun gehabt. Ich hatte einen kleinen Nachzügler-Bruder. Ich war ein stolzer Vater und habe Ernestine überall mithin geschleppt. Wir gründeten eine private Kindergruppe mit anderen Eltern, zum Teil ehemaligen Mitgliedern der Schwangerschaftsgruppe, dann kamen andere dazu. Daraus entwickelte sich eine richtige Kleinkindgruppe. Ernestine wurde sehr geliebt und würde bestimmt weitere schöne Jahre haben. Delphine und ich kochten gemeinsam und feierten Feste in der Kindergruppe. Alles hatte sich verschoben. Was wir taten, taten wir doch öffentlich. Ich war wieder in Berlin, und plötzlich gab es Bilder in der Boulevardpresse, wie ich mit Sonnenbrille in ein Auto einstieg und wie ich den Kinderwagen schob. Sogar Bilder des Säuglings waren zu sehen. „Der Bundestagsabgeordnete Staffensieder hat ein Kind mit einer anderen", lauteten die Unterschriften. Sogar zu Schlagzeilen kam es, aber immer nur auf der zweiten oder dritten Seite. Ich wusste nicht, ob meine Frau die Berliner Zeitungen las. Vor meinem Haus in W. sammelten sich ein paar Demonstranten mit Plakaten. „Halt zu deiner Frau" oder „Staffensieder raus aus dem Bundestag", stand dort. Ich war immer labil und wankend gewesen und hatte Stabilität nur nach außen vorgespielt, das fiel mir auch jetzt nicht schwer. Aber ich war innerlich doch unschlüssig, wie ich mich verhalten sollte, und diese Unschlüssigkeit wurde bald von der Öffentlichkeit wahrgenommen. Ich hatte in meinem Denkhandeln immer viel wegstecken können. Aber da ich körperlich in besserer Verfassung war, konnte ich den Presseangriff besser ertragen. Eigentlich brauchte ich Ruhe. Wer konnte sie mir geben? Die doppelbindende Situation, in der ich mich befand, zwang mich zum Taktieren. Soll ich mir von Sorge das Gesicht zerfurchen lassen? Mir das wirkliche Leben mit Delphine verderben lassen? Meine Insiderinformationen, die ich wie Judas verscherbelt hatte, der anderen Seite für ihr Eindringen in das Netz des Bundestages zur Verfügung stellen? Wahrscheinlich noch weiteres einbringen, denn heute ist alles vernetzt. Inzwischen hatte ich an dem, was ich getan hatte, Zweifel bekommen.

Ich beschloss, nach W. zu fliegen und Delphine einige Zeit mit dem Kind allein zu lassen, bis sich alles beruhigt hatte. Die andere Seite machte mir Schwierigkeiten und wies mich an, die Beziehung mit Delphine aufzulösen. In W. erfuhr ich von Özgun, dass meine Frau an Lymphdrüsenkrebs erkrankt war und nicht mehr lange zu leben hatte. Sie war in letzter Zeit immer müde gewesen. Sie hatte Metastasen im ganzen Körper, und man gab ihr vielleicht noch zwei Monate. Über diese Koinzidenz konnte ich nur den Kopf schütteln, und als sie tot war, verstummten auch die Pressegerüchte. Ich dachte, sie wolle Verantwortung für sich übernehmen, sie wollte aber auch nicht, dass jemand anderes die Verantwortung für sie übernahm. Vielleicht war ich ja der Schuldige! – Hatte ich ihr eine Beziehung ohne Seele aufgezwungen? Ich hatte Verena sehr gern gemocht, und bei ihrer Beerdigung behielt ich kaum die Fassung. Sie hätte mehr Liebe gebraucht. Aber wie hätte ich ihr die, bei solch mangelndem Vertrauen geben sollen? – Wenn ich von Vertrauen redete, hörte sie mich lediglich an. Ich trauerte sehr um Verena. Dazu kam die mentale und emotionale Ablenkung durch den Skandal um das Kind und mein „Doppelleben".

Naunheim, der Versicherungsdetektiv, brachte sich mit einem Mal in Erscheinung. Er suchte mich in meinem Haus auf und setzte sich mit Block und Kugelschreiber auf mein Sofa.

„Wann haben Sie von der Krankheit Ihrer Frau erfahren?" fragte er.

„Vor zwei Monaten", antwortete ich.

„Wussten Sie von der Erkrankung, als Sie Ihre Lebensversicherung abgeschlossen haben?"

„Nein", sagte ich, „sie ist doch untersucht worden!"

„Ihre Frau muss doch etwas gespürt haben, hat sie nicht mit Ihnen darüber gesprochen?"

„Ich sagte doch schon, dass ich fast die ganze Zeit in Berlin verbracht habe."

„Einiges von dem, was Sie mir erzählen, stimmt wohl, aber alles glaube ich Ihnen nicht."

Wieso musste ich mich eigentlich dem Glauben dieser dicklichen Figur aussetzen?

„Wir haben uns nie gestritten. Es gab überhaupt keine Gelegenheit dazu."

„Sie haben ein Kind mit Ihrer Assistentin."

„Das war Zufall, und in heutigen Zeiten ist das weniger als ein Fehltritt. Meine Frau war eigentlich sehr tolerant."

„Wir werden Sie im Auge behalten, Staffensieder", sagte er, als er sich verabschiedete.

Als er weg war, bemerkte ich, dass er einen Stick hatte mitgehen lassen, der auf dem Couchtisch gelegen hatte. Darauf waren sensible Daten. – Ich musste ihn mir zurückholen. Ich rief ihn an und er sagte am Telefon gleich: „Jetzt haben wir Sie endlich! Wenn Sie mir von Ihrem Bimbes was abgeben, können Sie den Stick zurückhaben." Ich verabredete mich mit ihm für den Abend im Restaurant Höreth in Kobern-Gondorf.

Ich kam erst nach dem Gespräch mit Naunheim dazu, darüber nachzudenken, was ich als Agent eigentlich getan hatte. Meine Großeltern haben den Krieg noch wirklich erlebt, meine Eltern fast kaum. Mein Großvater war in russischer Kriegsgefangenschaft, und im Fernsehsender Phoenix habe ich die Greuel gegen die sowjetischen Kriegsgefangenen gesehen. Ich dachte damals, irgendjemand muss das doch wieder gut machen, und wenn ich es bin. Aber von den neunzigtausend Stalingradgefangenen kamen nur wenige zurück. Was ich jetzt tat, tat ich für ein ganz anderes Regime. Ich wusste nicht, welche Absichten dieses Regime hatte, aber ich kann nicht regierungs- und richtungslos im Parlament sitzen, als gäbe es die Vergangenheit nicht. Eigentlich hat mich Delphine mit dem anarchistischen Gedanken überzeugt, dass es auch im Tierreich gegenseitige Hilfe gibt. – Ich will helfen, und sei es auch nur, um ein Gleichgewicht herzustellen. Aber ist die andere Seite nicht sowieso übermächtig? – Ich weiß es nicht. Ich kann mich nicht einmal auf den wissenschaftlichen Dienst der Bundesregierung verlassen. Das Schimpfwort „Pazifist" kann ich ertragen. Tausende Pazifisten sind untergegangen, aber ich werde nicht untergehen! – Vielleicht ist es ja möglich, den Deutschen wieder Nationalbewusstsein einzuflößen

… Vielleicht ist einer wie ich, dessen Eltern von der Studentenbewegung beeinflusst wurden, heute schon ein ewig Gestriger! – Achtung, die Systeme funktionieren gegen dich, wenn du dich nicht im mainstream bewegst!

Naunheim wartete schon vor dem Lokal und fragte, ob wir etwas essen sollten, dick, wie er war. Ich sagte, es sei mir recht. Drinnen fanden wir einen Platz in den weitverzweigten Katakomben, wo die Esstische in den Nischen von Kerzenschimmer beleuchtet waren. Er bestellte Lammkotelett, ich einen Salat. Ich fühlte mich in diesem Futterkeller wie im Hades. Die Leute am Nebentisch prosteten uns zu.

„Ich hab mir den Stick mal näher angesehen, Staffensieder", begann er, „verschlüsselst es nicht einmal. Also, wieviel?"

Unser Essen kam, und das lenkte ihn ab. Ich bekam nichts herunter.

„Schmeckt's dir nicht, Staffensieder? – Kann ich verstehen." Dabei verschlang er das eine Lammkotelett fast zur Gänze.

„Hier gibt's 'n guten trockenen Kabinett", fuhr er fort, „ich lass eine Flasche kommen! Auf meine Kosten."

Er trank den Wein fast alleine aus, und als unsere, das heißt seine Mahlzeit zu Ende war, sagte er: „Überleg dir alles noch einmal ganz genau. Ich hab noch niemandem etwas erzählt."

Er zahlte, und wir gingen zu meinem Wagen. Hier in W. fuhr ich einen Golf. Ich stieg ein, er auf den Beifahrersitz, und als ich gerade den Wagen anlassen wollte, sagte er: „Komm mir nicht auf dumme Gedanken, Staffensieder, dann ist's mit der Immunität als Abgeordneter vorbei. Den Stick behalte ich erstmal. Weißt du, wo wir reden können?"

Wir fuhren nach W. den asphaltierten Weinbergweg hoch zum Brückstück und hielten an einer ziemlich steilen Felswand. Ich stieß ihn weg, er sprang aus dem Auto, taumelte und stürzte über die Felskante in die Tiefe. Ich hörte ihn aufschlagen, kletterte hinunter und zog ihm meinen Stick aus der Jackentasche. Ich wusste nicht, ob er noch lebte, setzte mich in meinen Wagen und fuhr nach Hause in die Bachstraße. War ich ein Mörder? – Ich wusste es nicht. Aber die Zeitungen am nächsten Tag würden es mir sagen. Ganz dicht am Rande des Abgrundes, wo das Weinbergsträßchen eine steile Kehre macht, hatte ich gedreht.

Vielleicht hatte ich jetzt zwei Morde begangen, einen indirekten an Naunheim, den anderen, metaphysischen an meiner Frau, als ich den Versicherungsvertrag abschloss. Hoffentlich hatte mich niemand im Höreth mit ihm erkannt. Wie ich gehört hatte, kam er aus Bisholder, das war ein Stück weg. So leicht würde man ihn dort auf dem zweiten oder dritten Weinbergabsatz nicht finden.

Gewissensbisse hatte ich keine. Mich trieb nur die Angst um, jemand könnte mich im Weinlokal mit ihm erkannt haben oder meine DNA wäre an seinem Hals und an seinen Kleidern. Mir kamen plötzlich die Vorwürfe meiner Großmutter in den Kopf, damals als mein Großvater gestorben war. Wir würden nicht genügend oft an sein Grab gehen. Wer würde an Naunheims Grab gehen? – Ich wusste so gut wie nichts über ihn.

„Was hat das Leben denn noch für einen Sinn für mich?" hatte meine Großmutter damals geklagt. Sie hat nicht danach gefragt, was es für uns für einen Sinn haben sollte.

„Jetzt kann ich noch", hatte sie damals gesagt, „aber wo soll ich hin, wenn ich nicht mehr kann? – Ich gehe in kein Altersheim!"

Brauchte sie auch nicht. Wir hatten alle für sie gesorgt. Und sie wurde in aller Ruhe neunzig Jahre alt.

All das führte nicht weiter. – Ich war möglicherweise zum Mörder geworden, nachdem ich Ehebrecher und Agent geworden war.

Er wurde nach zehn Tagen gefunden. Am elften Tag stand ein Kripobeamter vor meiner Tür. Er sagte mir, Naunheim sei den Felsen heruntergestürzt. Ich bat ihn herein, und er fragte mich über meine Beziehung zu Naunheim aus. Ja, er habe als Versicherungsdetektiv nach der Todesursache meiner Frau gefragt. Aber dafür, dass sie relativ schnell nach Abschluss des Versicherungsvertrages gestorben sei, könne ich nichts. Ja, er habe einen vagen Verdacht gegen mich geäußert. Ich hätte mit ihm einen Wein getrunken, dann sei er in der Dunkelheit verschwunden. Von DNA sagte der Mann nichts.

„Verdächtigen Sie mich?" fragte ich.

„Wir müssen jeden befragen", antwortete er, „wir sehen uns gerade sein Bankkonto an."

Über mein Verhältnis zu Delphine und dem Kind sprach er gar nicht.

„Wie ist Naunheim überhaupt da hinauf gekommen?" fragte er.

„Er ist hochgekraxelt. Dabei muss etwas passiert sein. Oder er hat in der Dunkelheit die Orientierung verloren."

„Sie waren nicht dabei?"

„Nein, da war ich schon zu Hause." Hoffentlich hatte sich kein Nachbar bei meiner Ankunft zu Hause die Uhrzeit gemerkt.

Sie schienen also nichts gefunden zu haben. Urlaub machen, läutete es in meinen Gedanken. Vielleicht an die Côte d'Azur, wenn das mit dem Kind ginge und Delphine mitkam. Ich würde ihr von der Begegnung mit Naunheim vorerst nichts erzählen. Aber vielleicht merkte man mir etwas an. Delphine hatte eine gute Antenne für Gewissensnöte anderer Menschen, besonders für meine.

Ich brauchte ein paar Tage, um mich von dem Schock zu erholen. Gleich zwei Tote, der Detektiv und meine Frau. Letztere buchte ich auf mein Gewissen, Naunheim nicht. Ich schlief morgens lange, fuhr viel in der Gegend herum. Delphine schien einem Urlaub gar nicht abgeneigt. Ihre Schwester, die keine Kinder bekommen könne, würde sich solange um Ernestine kümmern. Aber etwas anderes beeinträchtigte mein Wohlbefinden. Die Versicherung hatte einen Typen namens Osterloh auf mich angesetzt, der sich bei mir vorstellte. Er war ein Mitarbeiter Naunheims gewesen und spionierte mir auch zu seinem Privatvergnügen hinterher. Er wusste aus der Presse von Delphine und dem Kind. Während unseres Urlaubes wollte ich Ernestine ungern bei einer Pflegemutter zurücklassen, auch wenn es Delphine Schwester war, die sich sicher rührend um mein Kind kümmern würde. Wir würden es zusammen in Berlin entscheiden.

Einmal hatte mich Osterloh in der Bachstraße aufgesucht, ein ganz anderer Typ als Naunheim, lang, kräftig und mit einem Gesicht, das zu seiner Figur gar nicht passte. Er nannte mich auch Staffensieder und versuchte mich zu duzen, was ich mir verbat. Daraufhin sagte er: „Sie waren doch an dem Abend mit Naunheim verabredet!"

Ich sagte: „Wir haben nur zusammen einen Wein getrunken."

„Was wollte Naunheim von Ihnen? – Ihre Frau ist ja zur rechten Zeit gestorben! – Zu Ihrem Vorteil!"

„Das geht Sie überhaupt nichts an, auch wenn Sie Versicherungsdetektiv sind!"

„Eine Bedienung hat Sie gegen acht im Höreth gesehen!" Er hatte trotz seiner Länge den Körperbau eines Berufsboxers. „Sie hätten ein Motiv gehabt! – War er Ihnen auf der Spur?"

„Krebs kann man nicht induzieren", sagte ich.

„Wir verdächtigen Sie trotzdem", sagte Osterloh, „was haben Sie jetzt vor?"

„Ich muss zurück nach Berlin", sagte ich, „und zwar möglichst bald! Die Polizei wird sich bestimmt bei mir melden." – Ich war ziemlich durcheinander.

„Nehmen Sie Drogen?" fragte er noch.

Ich winkte ab und brachte ihn zur Tür.

Ich flog am nächsten Tag zurück nach Berlin. Es hatte noch einige Meldungen in der Presse gegeben.

„Ich brauche Urlaub, du auch", sagte ich zu Delphine.

„Ohne das Kind? Das wird schwer. Aber es kann zwei Wochen bei meiner Schwester Josefine bleiben, die sich immer so ein Kind gewünscht hat!"

Josefine nahm Ernestine mit Freuden für zwei Wochen zu sich. – Wenn die zwei Wochen reichen würden!

7. Nichts wie weg

Wir fuhren am übernächsten Morgen los, übernachteten in Frankfurt, und waren schnell in Lyon. An die gebührenpflichtigen Autobahnen in Frankreich hatten wir uns gewöhnen müssen. Wir fuhren schnell. Ich sprach im Auto viel mit Delphine. Sie sagte: „Es ist richtig, dass wir aussteigen. Das was sich auf dem gesamten Globus anbahnt, ist nichts weniger als eine Weltrevolution. Eine der Macht, der Sprachvergiftung und der Rücknahme der Werte der Aufklärung."

Nicht plötzlich war das geschehen, sondern langsam und allmählich. Wir machten einen Tag Rast in Orange, gingen durch die Altstadt mit dem Amphitheater. Drei Frauen, um die fünfundzwanzig, schauten uns auffällig nach, und wir begegneten ihnen bei unserem Rundgang durch die Stadt ständig. Beim letzten Mal riefen sie uns etwas hinterher. Wir fuhren am nächsten Morgen weiter bis Hyères, wo wir zwei Tage blieben. Morgens, wenn die Stadt gerade aufwachte, die Straßen gespritzt wurden und die Ladenbesitzer ihre Gitter in die Höhe zogen, war die Stadt am schönsten. Keine typische Côte-Stadt, aber doch groß und sehenswert. In Le Lavandou erwischten wir ein schlechtes Zimmer in einem kleinen Hotel mitten in der Stadt. Nachts zog ein solcher Küchen- und Frittengeruch durch unser geöffnetes Zimmerfenster, dass wir schon überlegten, das Hotel zu wechseln. Le Lavandou war überfüllt mit Touristen. Ich hatte schon vor zehn Jahren zusammen mit meinem Bruder und dessen französischer Freundin die ganze Côte abgefahren. – Jetzt machten ich und Delphine dieselbe Tour! Das Kind war jetzt fast zwei Jahre alt und konnte gut mal zwei Wochen mit Delphines Schwester allein bleiben!

Über Cavalaire Sur Mer, immer an der Küste entlang, pendelten wir auf der Corniche auf St. Tropez zu. Ich konnte mir gar nicht vorstellen, dass es eine typisch französische Kleinstadt war, wenn die Touristen weg waren. Die Stadt war jetzt im Frühling schon voll. Die halbseidene Schickeria, die berufsmäßig Lebenslustigen und Lebenshungrigen sammelten sich hier, umgeben von Neugierigen, die ihnen dabei zuschauten. Ein malerisches Küstennest, selbst im Frühling schon sonnig. Im weitläufigen Hafen lagen die Boote, die hier überwintert hatten. Es war warm, und die Leute am Strand zeigten schon ein wenig Fleisch. Wie musste es hier erst im Sommer sein? Es herrschten fünfundzwanzig Grad und eine langhaarige Blondine mit weitem Top zeigte sich mit einem jungen langhaarigen, muskulösen Mann, der eine knappe Badehose trug. Als wir wieder in die Stadt zurückgingen, sahen wir auf dem Marktplatz einen alten Mann mit Brille und karierter Mütze, in viel zu langem Jackett und Winterschuhen sich mit einer sehr alten Frau umhalsen. Die Sommergäste garantieren den Einheimischen ein relativ sorgloses Leben. Die alten Einwohner schütteln nur die

Köpfe und schimpfen. In der Stadt begegneten wir einem Umzug des Corps des Bravadeurs, einer Bruderschaft, die aus der Stadtmiliz hervorgegangen war. Eine Attraktion extra für die Touristen, die Einheimischen haben sich daran gewöhnt. St. Maxime hat mehr Hochhäuser, aber wir fuhren sehr schnell am Massiv de l'Esterel vorbei auf Cannes zu. St. Raphael ließen wir liegen. In unserem Hotel gefiel es uns. Wir beobachteten die alten Engländer auf der Terrasse, eine alte Frau im karierten Pepitakleid mit einem Mops auf dem Schoß. Sie trug schwarz-weiß-gezackte Pumps und einen weißen Hut über dem gebräunten Gesicht. Ein älterer Amerikaner lehnte sich bequem auf seinem Stuhl zurück. Eine unförmig dicke Frau aus Südamerika ließ sich von uns fotografieren. Sie stützte sich in ihrem Kleid, das mit vielen schwarz-weißen Sternen bedeckt war, auf ihren Regenschirm und achtete auf ihren überdimensionalen Hut. Auf der Strandpromenade sah man viele derartige Typen. Aber keine Bettler. Nizza war völlig zu, und wir fanden nur noch eine Bleibe im Negresco an der Promenade des Anglais. Zwei vierspurige Straßen rauschten an beiden Seiten der durch eine enge Gasse aus Gras und Palmen geteilten Avenue vorbei. Der Türhüter trug rote Hosen, Frack, weiße Strümpfe und einen Zylinder. Unser Zimmer hatte ein Doppelbett mit einem rosafarbenen Überwurf und eine Aussicht auf die Promenade bis nach Italien. Als wir in der Rotonde des Hotels im Erdgeschoss einen Imbiss zu uns nahmen, glaubte ich weit hinten in der Ecke an einem Tisch Osterloh zu sehen. Diesen langaufgeschossenen Typen mit der Boxerfigur. Ich hätte mich aber auch geirrt haben können. Mein riesiger Mazda 626, auch noch knallrot, war auffällig. Dem konnte man ja leicht folgen. Die Kostüme der Kellnerinnen sahen aus wie Dirndl. In Cannes hatten wir die drei Tage in den Herbergen, die an den Verbindungsstraßen zwischen den Städten liegen, gewohnt. Sie waren ziemlich billig. Vom Negresco aus fuhren wir mit dem Bus nach Antibes, weil wir immer wieder Nöte mit den Parkplätzen hatten. Die Fahrt begann am Meer entlang und war eine Mischung von Schönem und Hässlichem. Vereinzelt sah man Bemühungen, Vorgärten anzulegen, was lächerlich wirkte angesichts der vielen Gebrauchtwagenhalden, Snackbars, die Discoabende ankündigten, Antiquitätenläden und Töpfergeschäften, die genau den Geschmack der Touristen trafen. Wir zogen uns auf einer großen Mauer am Meer aus und schwammen ein wenig.

Ich hatte in Frankreich angefangen zu joggen. Ich kaufte mir in einem Sportgeschäft ein paar amerikanische Laufschuhe und lief los. Ohne Training! – Manchmal eine ganze Stunde. An schönen Landhäusern mit grünen Fensterläden vorbei. Immer entlang der zerklüfteten Küste, manchmal auch in die Städte hinein, wenn wir dort übernachteten. Hier in Antibes hatte ich nach eineinhalb Stunden wie benommen im Laufen erst vor einer fast ins Meer gebauten Festung Halt gemacht. Die tollen Marktplätze mit den herausgestellten Bistrotischen und den roten Sonnenschirmen beachtete ich gar nicht. Auch nicht die alten Leute, die auf Stühlen zu zweit oder dritt draußen vor ihrer Boulangerie saßen. Nachts lief ich über die beleuchteten Boule-Plätze unter den dickkronigen Platanen. Schuld? – Ich hatte abgenommen und wurde auch innerlich härter. Delphine fuhr fast die ganze Zeit. In Cannes hätte mich auf der Prachtstraße unter Palmen fast ein Jaguar aus Calw überfahren. Die Zypressen bogen sich im Wind. Die Segelboote wirkten vor dem hellen Horizont dunkel. – Ich war kein Bundestagsabgeordneter mehr, dem etwas danebengegangen war. „Reißt die Dielen auf! – Hier! Hier!" hatte der Mörder in Edgar Allen Poes „Verräterischem Herz" die Polizisten angeschrieen. Ich traute mir so etwas auch zu. Das Laufen war die einzige Medizin dagegen.

Wir nahmen aus Antibes Touristenschnickschnack mit und hörten vor dem Kiosk einem Gespräch zwischen zwei alten Frauen zu, die sich über das Rezept für Quiche Lorraine unterhielten. Monaco ließen wir aus. Wir kehrten um und fuhren über die Corniche den gleichen Weg, den wir gekommen waren, wieder zurück und ließen noch kurz die Seele baumeln in Cavalière sur Mer, einem kleinen Ort zwischen Cavalaire Sur Mer und St. Tropez. Wir hatten auf dem Hinweg ein kleines Hotel hinter der Straße entdeckt und logierten uns dort ein. Zum Strand brauchte man nur über die Straße. Ich lief fünf Kilometer die Seealpen hoch, dann fünf Kilometer zurück. Danach stürzte ich mich ins Meer. Wir gingen so gut wie nie essen und kauften uns etwas in den Obst-, Fleisch-, und Gemüsegeschäften. Es war ein Urlaub ohne Komfort und ohne große Hotels. Delphine und ich kamen uns wieder näher.

8. Osterloh

Zweieinhalb Wochen nach unserer Abfahrt waren wir wieder in Berlin. Niemand hatte nach uns gefragt oder vermisst. Ernestine begrüßte uns, als wären wir nie weggewesen. Wie sollte es weitergehen, wenn wir mit unserem Plan Ernst machten, uns aus dem illegalen Geschäft, in das wir uns verstrickt hatten, zurückzuziehen. Ich legte mein Bundestagsmandat nieder, zur Überraschung der Öffentlichkeit und der gesamten Fraktion, löste mein Büro auf und beschloss, nunmehr mein Geld in einer großen K.er Rechtsanwaltskanzlei zu verdienen. Delphine kam aus Berlin, der Umzug in diese rheinische Stadt würde ihr bestimmt schwerfallen. Ich war wieder zurück, und Osterloh würde es bestimmt nicht schwerfallen, mich zu piesacken, wenn er wollte.

Die Kanzlei, mit zehn Anwälten, lag in einem großen, etwas zurückgelegenen Haus in der Mainzer Straße. Ich war für Arbeits- und Verkehrsstrafrecht zuständig, mein Spezialgebiet, das mir auch im Bundestag viel mehr Befriedigung bereitet hatte als die Bildung. Die Arbeit als Rechtsanwalt machte mir Spaß. Ich arbeitete länger als ein Bundestagsabgeordneter. Ich diktierte vormittags meine Rechtsgutachten oder kämpfte vor Gericht gegen die Richter, nachmittags kamen die Klienten und ich diktierte weiter, bis um fünf die Liste mit den Unterschriften kam. Manchmal flog ich nach Berlin oder Hamburg, denn wir bekämpften besonders die Abmahnkanzleien. Die Klienten logen mich auch oft an. Teilweise war es schrecklich, was ich in den Prozessen erleben musste. Ich hatte mein Haus in der Bachstraße in W. verkauft und mir zusammen mit Delphine in der Mainzer Straße eine große Vierzimmerwohnung gemietet, fast genau gegenüber unserer Kanzlei. Osterloh meldete sich zwischenzeitlich immer wieder bei mir und spulte seine Tirade ab: „Ihre Flucht nach Südfrankreich hat Ihnen nicht genützt, Staffensieder. – Wir kriegen Sie!" Ab und zu meldete sich die andere Seite, bedrängte mich aber nicht, weil ich mich unauffällig und ruhig verhielt. Man merkte mir meine Angst nicht an, ich arbeitete wie jeder andere Anwalt. Aber innerlich fraß sie an mir. Mir kam Faßbinders „Angst essen Seele auf" in den Sinn, den ich neulich zusammen mit Delphine in einem Programmkino gesehen hatte. Aber meine Angst war eine andere, tiefere. Ich erkannte, dass sie schon immer in mir gesteckt haben musste. Aber ich durfte mir nichts anmerken lassen, es musste weitergehen. Ich ließ mich aber auch durch andere anstecken, denn Delphine hatte eine ebenso große Angst wie ich. Angst ist eine Seelenkrankheit, man hat sie oder hat sie nicht. Im Gegensatz zur Furcht! Vielleicht kommt die Angst von meiner Frau Verena, die zu niemandem Vertrauen hatte und zu der ich auch kein Vertrauen aufbauen konnte. – Ich weiß gar nicht, warum ich sie geheiratet hatte? – Es war alles so einfach. Sie hatte Haus und Wäsche besorgt, und ich hatte meinen Dienst als Bundestagsabgeordneter gemacht. Das Geld, das ich verdient hatte, teilten wir. Aus meiner Kinderzeit kann die Angst auch nicht kommen, denn ich war ein friedliches Kind. Meine Mutter hat mich nicht einen Augenblick alleingelassen. Ich musste an Verena denken. Ich hatte sie allein gelassen. Sie hatte von ihren Lebensgewohnheiten nichts aufgegeben, bis das Schicksal sie langsam in die Ecke gedrängt hatte. Wenn man ihr über ihre Schwierigkeiten hinweghelfen wollte, schwieg sie. Es war ein bitteres Schweigen, das bedeuten konnte: Du bist nicht wert, dass ich antworte, aber auch: Ich kann mich nicht gegen dich wehren! Gleichzeitig schwang darin ein Verbot mit, über die naheliegenden Gedanken zu sprechen. Naunheim fiel mir wieder ein. – Man ist zutiefst in den Kontext von Gegenwart, Vergangenheit, Tradition, Gesellschaft, Freunde, Feinde, beobachtete Gewohnheiten und die Verbreitung seiner Körpersekrete eingebunden. Gut, ich hatte aus meiner Agententätigkeit gelernt, mich konspirativ zu bewegen und möglichst wenig Spuren zu hinterlassen. Aber eigentlich war ich auch als Agent ein Amateur gewesen.

Dann meldete sich die andere Seite doch wieder. Man interessierte sich für die Anwaltskanzlei, in der ich arbeitete, besonders für den Chef. Ich sprach mit Delphine, und die sagte, die würden wir nie wieder los. Die Bürgermeisterwahl, nicht nur in K., hat ein paar krude Züge. Kandidat kann jeder Bürger werden. Die Stadt muss die Position allerdings deutschlandweit in den Medien ausschreiben. Man muss nicht einmal Bürger der Stadt sein. Der Stadtrat hat die Verpflichtung, die Ausschreibung zu dokumentieren. Die oberste Dienstbehörde, die ADD, kontrolliert das. Der Kandidat kann entweder aus dem Stadtrat selber kommen oder muss in der Partei gut geerdet sein. Dieser Kandidat der Partei soll für alle Bürger da sein. In der letzten Zeit waren die Bürgermeister aber nicht über die Partei, sondern über einen Unterstützerkreis nach oben gekommen. Man brauchte zweihundert Unterschriften für eine parteiunabhängige Kandidatur. Das war schwer, denn der Parteikandidat hatte seine Parteisoldaten mit Geld und Wahlkampfunterstützung. Kapital und manpower. Der freie Kandidat musste sich Leute suchen, Sympathie- und Bedeutungsköpfe aus dem weiteren Umkreis der Stadt. Menschen, die irgendeine Aura hatten oder wichtige Unternehmer, die das Formular mit den zweihundert Unterschriften unterschrieben hatten. In der Regel kristallisiert sich der Kandidat in den Vorüberlegungen heraus. Im ersten und zweiten Wahlgang ist dann alles entschieden.

Einen Tag später rief Osterloh in der Kanzlei an.

„Sie hatten doch einen Golf, was ist mit dem?"

Ich brauchte gar nichts zu sagen, sagte aber doch: „Verkauft!"

„Der Kaufvertrag?"

„Gibt keinen! – Ich hab ihn auf dem Automarkt per Handschlag an einen Ausländer abgegeben!"

Das stimmte, und ich war froh, dass ich ihn losgeworden war.

„Ohne Gewährleistung?" fragte er, „Er muss den Wagen doch umgemeldet haben?"

Ich war mir sicher, dass es in dem Fahrzeug keine Spuren von Naunheim mehr gab, und sagte: „Sie können ja bei der Zulassungsstelle nachfragen, meine alte Autonummer haben Sie doch bestimmt!"

„Ganz richtig, Sassafraß", erwiderte er, „und ich werde mir das Vergnügen machen. Das aufgeblasene, rote Ding, das Sie jetzt fahren, soll wohl ein Symbol sein?"

„Machen Sie's wie der Pfarrer Assmann", sagte ich.

Bevor ich auflegte, sagte er noch: „Wir werden Sie im Auge gehalten, Staffensieder!" – Das hatte schon Naunheim gesagt.

„Was ist mit diesem Osterloh?" hatte Delphine gefragt, als ich ihr am Abend von dem Anruf erzählte.

„Der taucht bestimmt hier auf", fuhr sie fort, und wir dachten beide das Gleiche: Warum nicht auch der? Ich hatte im Tennis gesehen, dass es Gegner gab, die einem nur ihren starken Willen entgegensetzten, den Willen zu siegen. Gegen die war es am schwersten zu bestehen. Warum hatte er überhaupt in der Kanzlei angerufen? – Wollte er mich bloßstellen? – Ich wusste, dass ich ihn so schnell nicht wieder loswerden würde. Auch mein Alibi in der Mordnacht war ziemlich fragwürdig gewesen. Sie würden vielleicht doch noch DNA finden. – Dazu musste man schon die Schläue und Hartnäckigkeit Osterlohs haben, der sich im Hintergrund herumtrieb. Einen Tag später passte er mich nach Dienstschluss vor der Kanzlei ab. „Gehen wir zum Griechen nebenan?" fragte er, „Ich möchte mich nochmal mit Ihnen unterhalten."

Ich machte aus meiner Abneigung keinen Hehl, folgte ihm aber in das griechische Restaurant am Schenkendorfplatz.

„Sie sollen am Freitagabend mit einem dicken Mann im Höreth gegessen haben", sagte er.

„Wir haben nur einen Wein getrunken", erwiderte ich. „Ich habe ein Allerweltsgesicht, tausende von Menschen sehen mir ähnlich."

„Ich verdächtige Sie trotzdem", sagte Osterloh, „so kommen Sie nicht weit. Wir haben uns auch Ihr Bankkonto angesehen. Für einen Anwalt verdienen Sie recht viel." Er kannte also jemanden bei der Sparkasse. Ich sah mich abends um, wenn ich aus der Kanzlei über die Straße in meine Wohnung ging. Auch wenn wir hinterher Ernestine im Kinderwagen durch die Rheinanlagen schoben. War der Mann mit dem vollgestopften Fahrradanhänger tatsächlich ein Obdachloser? – Streunte er uns nur zufällig hinterher? Erst, als er uns anbettelte, konnte ich mir etwas sicherer sein. Aber das war auch kein überzeugendes Indiz. Könnte es jemand von Osterloh oder von der anderen Seite gewesen sein? – Ich beschloss doch mich als Bürgermeisterkandidat zu versuchen, nachdem mein Chef seine Kandidatur aufgegeben hatte. Hinter so einem würde niemand einen Mörder vermuten. Und wenn mich jemand verdächtigte, wie dieser Osterloh, konnte ich mit der ganzen Wucht des erstrebten Amtes zurückschlagen. Ich brauchte einen Unterstützerkreis und möglichst viele Sympathie- und Leistungsträger.

9. Bürgermeister und Beichte

Ich zog durch die einzelnen Stadtteile und hielt sogenannte „offene Bürgerstunden" ab. Manchmal ging ich auch von Tür zu Tür. Es waren Werbeaktionen wie für Waschmittel. Die Tourneen durch die Stadtteile, Interviews in Funk und Fernsehen, waren Potpourris, um sich als Kandidat darzustellen. Es gab ein Gästebuch, eine Website und Facebook. Dazu kamen sogenannte Foren, wo die einzelnen Kandidaten zu öffentlichen Diskussionen einladen. Es waren immer zwei, drei oder vier Kandidaten, die sich den Fragen stellten. Ich setzte auch auf Agenda-Gruppen und Sportverbände. Es war eine Rosskur. Der Wahlkampf schlauchte mich. Ich nahm mehr und mehr ab. Osterloh hatte sich nicht mehr gemeldet, musste aber meine Kandidatur mitbekommen haben. – Ich aß abends nichts mehr, und Delphine machte sich ernsthafte Sorgen. Ich wusste, das war mein Schuldkomplex. Ich hatte unüberlegt und aus dem Augenblick heraus gehandelt, und danach war es mir gegangen wie Raskolnikoff. Jetzt, mitten in meinem geplanten Aufstieg, denn Chancen räumte man mir von allen Seiten ein. Ich beschloss, zur Beichte zu gehen, obwohl ich evangelisch war, und suchte mir einen Stadtteil von K. aus, den ich mehrfach begangen hatte. Die katholische Kirche im M.er Oberdorf. M.! – Der enge Zwinger des Oberdorfes mit den vielen Kleinbürgern und Zugezogenen, auch Großbauern. – Und es gab dort eine große katholische Kirche. Der enge Kirchplatz war um die hohe Linde herum mit Auto und Motorrollern zugestellt. Alle parkten hier. Über die Parkplatznot im M.er Oberdorf hatte ich bei meinen Begehungen viel vernommen. Die gelb-beige gestrichene neoromanische Kirche mit dem überdimensionalen Portal, genau richtig für das Oberdorf. Die evangelische Kirche war ein kleines Häuschen im Unterdorf. Zum Kirchportal hoch führten acht breite Stufen. Dahinter die Inschrift: „deus in loco sancto suo". Links zeigte sich der dunkel gemauerte Kirchturm mit dem goldenleuchtenden Wetterhahn. Ich musste an eine Münchhausengeschichte denken, in der ein solcher Wetterhahn vorkam. Links neben dem Portal der Eingang zur Sakristei. Zwei Guckfensterchen rechts und links neben dem Portal und darüber ein großes Fenster mit Glasmalerei. Das aus starken Bruchsteinen gemauerte Bauernhaus links neben der Kirche beachtete ich gar nicht. Ich ging also durch die angelehnte Kirchentür hinein. Der Pastor war ein dicker, großer, schwergliedriger Mann, ganz in schwarz, mit hohen, bis über die Knöchel reichenden Knöpfstiefeln. Er hantierte vor dem Altar mit den Kerzen. Ich näherte mich ihm von hinten und sagte: „Ich möchte beichten!" – „Jetzt sofort?" fragte er. Ich sagte: „Ja", und wir gingen in den Beichtstuhl. Ich beichtete, und er sagte: „Du hast Schuld auf dich geladen, mein Sohn! - Ego te absolvo kann ich nicht sagen, du musst zur Polizei." Trotz allem Leid freute ich mich insgeheim, dass er nichts verlauten lassen durfte. Drinnen in der Kirche wurden schon die Vorbereitungen für einen Chorabend mit einem texanischen Gästechor und dem Jazz-Chor K. getroffen. Und ich beschloss, da zu bleiben. Die Chormitglieder arrangierten sich vor der Rosette, und ich hörte mir den ganzen Auftritt an, gab auch am Ausgang zehn Euro Spende in den Klingelbeutel, so hatte mich der Chor mit den jungen Leuten von meiner Schuld abgelenkt. Wie denn überhaupt die Kirche der Tröster in der höchsten Not ist.

Nach dem Konzert passte mich der Pastor auf den Treppenstufen der Kirche ab und zog mich in ein längeres Gespräch, gar nicht wie ein Pastor. Er war sehr gütig und sagte, er könne mich zum Teil verstehen. Wir sprachen noch eine Weile über die Bedrängnis, in der ich gewesen war. Dann fuhr ich wieder in die Mainzer Straße. Die große Politik hatte mich inzwischen aus den Augen verloren. Ich war jetzt, als Kandidat, ein kleiner Lokalpolitiker, kein Bundestagsabgeordneter mehr. Womit konnte ich der anderen Seite hier überhaupt nützlich sein? Aber Geheimdienste interessierte alles und jeder. Ich konnte, nach vier Jahren als Bürgermeister, vielleicht einmal nach ganz oben kommen und dann Einflussagent werden. Ich merkte auch, dass man sich in der Öffentlichkeit gut verstecken kann. Delphine hatte einiges auf sich genommen, um mit mir zusammen zu sein. Erst die Agententätigkeit, dann das Kind, die Mitwisserschaft über den Tod Naunheims und schließlich diese hochgestapelte Bewerbung um das Oberbürgermeisteramt! In dieser Nacht träumte ich, meine Mutter sei tot und sei kurzzeitig noch einmal aus dem Jenseits zurückgekehrt. Mein Vater, der gestorben war, lebte im Traum auch noch. Wir weinen und schluchzen alle, erkennen nun, wie wichtig sie für uns war. Sie unterhält sich aus dem Sarg heraus mit uns. Die Leere, die übrigbleibt, wenn sie, die Lebende, weg ist! Wenn ich meiner Mutter von allem hätte erzählen können, hätte sie mich bestimmt verstanden. Sie kam aus dem Rheinland, und alles, was sie tat, tat sie mit doppelter Akribie. Sie hatte ein großes Einrichtungshaus in K. geführt, und nach ihrer Pensionierung hatte sie begonnen, an der K.er Universität Kunstgeschichte zu studieren. Nach einigen Wochen hatte sie Musikgeschichte dazu genommen. Aber ich fuhr selten zu ihr, sie wohnte im Burgweg und trug sich sogar mit dem Gedanken, zu promovieren. Öfter hatte ich in letzter Zeit von Naunheim geträumt. Er war nur scheintot gewesen und beschuldigte mich vor Gericht. Ich stritt mich dort mit ihm und schrie ihn im Traum an: „Sie sind doch selber schuld!" Naunheims Schatten geisterte mir nach. Er war das Standbild des Comturs in Molières Don Juan.

Ich hatte mir nicht viel Mühe gegeben, aber ich gewann die Wahl und wurde Bürgermeister dieser Stadt. Ich, ein ehemaliger Bundestagsabgeordneter. Ich war nun Chef der Verwaltung, repräsentierte die Stadt, war Vorsitzender in allen Ausschüssen, auch Stadtkämmerer. Ich traf mich mit den Dezernatsleitern jeden Tag morgens früh, um alles Wichtige in den Dezernaten abzustimmen. Ich hatte zweitausendzweihundert Verwaltungsbeamte unter mir und war der Chef aller Dezernatsleiter. Hier würde ich für die andere Seite einiges abschöpfen können. Das Wichtigste war die Ausschussarbeit, denn die Entscheidungen des Stadtrates werden da vorbereitet. Ich musste einen konstruktiven Dialog mit allen Parteien führen, und so bekam ich Einblick in Struktur und Ämter der anderen. Ich sprach mit den Ausschussmitgliedern, die dem Stadtrat angehörten. Ich musste eine Schattenwelt betreuen und machte mir zwei Sichtweisen zu eigen, eine für den Stadtrat und eine andere für die andere Seite. Meine Aufgabe als Informant war nicht besonders spannend. Das Oberbürgermeisteramt hat nicht viel politische Bedeutung, es ist eigentlich eine reine Verwaltungsaufgabe. Anders als die OB von Millionenstädten, die bundespolitische Bedeutung haben. Aber man reckte und streckte sich nach mir. Ich wurde tausendfach eingeladen, in kleine Gesellschaften, in fast alle Vereine, alle wollten mich haben. Wäre ich zu allen gegangen, wäre meine ganze Amtszeit futsch gewesen. Die Stadtwerke, die Wohnbau mit dreitausendfünfhundert Wohnungen, die EVM, überall saß ich im Aufsichtsrat. Ich war viel unterwegs. Hier eine Weinprobe, da eine Jahreshauptversammlung, dort die Verleihung eines Literaturpreises im K.er Stadttheater! – Ja, ich hatte festgestellt, dass ich in den letzten Monaten beträchtlich zugenommen hatte. Meine Gewissensbisse wegen Naunheim nahmen ab. Aber nun quälte mich der Tod Verenas. Immer mehr. Warum hatte ich diesen Versicherungsvertrag überhaupt abgeschlossen? Ich wusste es heute nicht mehr. War es magisches Denken? – Glaubte ich an Voodoo? – Verena. Alle ihre Vorfahren waren an ähnlichen Leiden gestorben! – Krebs! Jeder hat Angst davor, auch ich! Verena war immer zur Vorsorge gegangen. Aber ich war noch nicht so alt, dass ich zu Vorsorgeuntersuchungen hätte gehen müssen.

Der Mann von dreiundvierzig Jahren! – Darüber hätte ich eine Menge schreiben können. – Goethe würde vor Neid erblassen! In zehn Jahren würde ich in Goethes Schema passen. Hillarie, so hieß die Protagonistin in Goethes

Buch. Was für ein Name! – Erinnerte mich in Hillary Clinton, die nur in ihrer Jugend attraktiv gewesen war. – Ich durfte meine Gedanken nicht schweifen lassen, ich musste mich auf meine zwei Jobs konzentrieren: Auf die Stadt und auf die andere Seite. Vielleicht zettelte ich mit meinen zwei Jobs gerade eine Revolution an. – Revolutionen herrschten, wenn die Begriffe außer Rand und Band gerieten. Und auf die Begriffe folgten dann die Taten. Was ich in den Gazetten so las, roch danach. Aber es war ein Aufstand von rechts und von oben, weltweit! Weil sie mit den traditionellen Parteien nicht weiterkommen, starten sie jetzt sogenannte „Sammelbewegungen". Rechts und links überschneiden sich dabei. Kommunikation heißt das Schlüsselwort! – Übrigens seit fünfzig Jahren! Was die Großen der Welt sagen, wird von einer konzertierten Aktion von Kommunikationsberatern bestimmt! Wird sich die andere Seite damit zufriedengeben, dass ich aussteige? Ich werde einfach meine Informationen versickern lassen, ganz langsam. Aber ich hatte gegen zwei Seiten zu kämpfen, gegen die andere Seite und gegen Osterloh! – Also versickern lassen! – Jetzt wollte man mir, mitten in K., das einmal die größte Garnisonsstadt Deutschlands gewesen war, einen Kontaktmann an die Seite stellen. Ihm sollte ich in verbindlichem Gespräch, an einem öffentlichen Ort, meine Interna weitergeben. Sie interessieren sich wirklich für alles. Jeder, der im Stadtrat, in einem Dezernat oder in einer großen Bank saß, konnte weiter nach oben kommen und zum Perspektivagenten ausgebildet werden, wenn man ihn richtig ansprach. – Die Worte, die die Theologie der Befreiung in Südamerika prägten, werden jetzt von den Populisten in Anspruch genommen! – Die

„Aufstehen"-Bewegung – Was sollte das? – Gegen wen, gegen was? Auch mit Engagement, den Armen zu helfen, muss Geld verdient werden. Ich war mir jetzt sicher: Die andere Seite wollte geliebt werden!

Als ich Delphine meine Gedanken vortrug, sagte sie: „Du bist ein Philosoph."

Ich erwiderte: „Jeder, der ein bisschen nachdenkt, und das Nachgedachte abstrahiert, ist ein Philosoph!"

Sie sagte: „Noch lange nicht!"

„Du hast einen starken, intelligenten, wenn auch etwas zwielichtigen Partner", erwiderte ich, „du bist nicht allein, auch wenn ich jetzt weniger Zeit als früher habe."

Der Golfclub lud uns ein, und so war ich endgültig in der Gesellschaft der Reichen gelandet, an die ich mich früher so schwer gewöhnen konnte. Es war eine Zeit der Ruhe eingekehrt. Die Arbeit wurde zur Routine, und ich konnte Delphine Nestwärme liefern. Ich wusste, wenn ich mich je von Delphine trennen würde, würde es nur ein Abschied auf Raten werden! Ab und zu traf ich mich mit meinem Kontaktmann.

„Was wollten Sie übrigens in der Beichte, Staffensieder?" fragte der.

„Mein Gott, auch ein Bürgermeister muss sich erleichtern", erwiderte ich.

„Sie sind doch evangelisch!"

„Leider! – Bei uns gibt es so etwas Schönes wie die Beichte nicht!"

„Sie sind labil, Staffensieder. Sie müssten zum Psychologen oder sich mehr an uns halten. Sie liefern in letzter Zeit so gut wie nichts. Wollen Sie sich abseilen? – Sie gehören jetzt auf immer dazu. Wenn wir alles, was wir über Sie wissen, öffentlich machen, gibt Ihnen keiner mehr ein Stück Brot."

„Dann muss ich in den Knast", sagte ich, „meine Familie geht kaputt, mein Kind kriegt keine richtige Erziehung und meine Partnerin wird arbeitslos!"

„Wir helfen Ihnen, Staffensieder, wir helfen immer. Jedenfalls unseren Leuten. Mit Verrätern gehen wir komisch um!"

Was blieb mir überhaupt noch übrig? Ich konnte in ein Kloster gehen. Aber da würden sie mich auch finden, und für Delphine wäre das der Abgrund. Mir wurde erst jetzt klar, wie abhängig sie von mir war. So wie ich in Berlin von ihr abhängig gewesen war. Denn mit unserer Beziehung hatte alles angefangen. Über meine Beziehung zu Delphine hatte ich wenig nachgedacht. Sie war einfach dagewesen. Nicht dumm, ihr schöner Körper und immer willig, clever, wenn es die Schwierigkeiten des Lebens zu bewältigen galt. Ja, sie arbeitete für die andere Seite, und ein bisschen war ich auf sie hereingefallen. Aber ich hätte ja damals mit ihr ins Bett gehen und trotzdem nein sagen können, als sie mir den Geheimdienst anbot. Ich war mir aber sicher, damals alles richtig gemacht zu haben. Manches im Leben ereignete sich einfach. Jenseits von Kismet oder einer Matrix, auf der das ganze Leben im Voraus festgeschrieben ist. – Es ereignet sich. So muss man das sehen.

Als ich am nächsten Morgen die Zeitung aufschlug, stand auf der Seite „Regionales" ein langer Artikel. Die Quintessenz war im letzten Satz zusammengefasst, nachdem sich der Verfasser lange über meine Biographie ausgelassen hatte. Als ich in meinem Büro die Presse las, sah

ich, dass auch andere titelten: „Staffensieder am Pranger!"
– „Wer gibt noch etwas auf Staffensieder?" – Eine Zeitung
aus Mainz schrieb: „Wie wir gehört haben, hat OB Staffensieder eine Versicherungspolice für seine Frau abgeschlossen. Drei Monate später starb sie. Der Versicherungsdetektiv, der der Sache nachging, ist tot. Wir brauchen einen OB
mit einer lupenreinen Biographie." Es gab keine Beweise.
Jemand hatte einen Zusammenhang erraten oder hergestellt. Es musste nicht einmal Osterloh gewesen sein.

Osterloh! – Ich beschloss, ihn anzurufen. Er war
zurückhaltend bis zum Äußersten und sagte, er habe mit
der Sache nichts zu tun. „Ich habe keine Verbindung zu
den Lokalblättern", sagte er trocken, er wisse nicht, wie er
einen Artikel manipuliert haben solle.

„Sie sind ein männlicher Pinscher", sagte ich, „der
jedem weiblichen Hund hinterherwieselt. Deshalb haben
Sie meinem Beziehungskreis hinterhergeschnüffelt."

„Nehmen Sie sich in Acht", erwiderte er.

Ich wollte ihn in Wut bringen und es rutschte mir heraus: „Vielleicht haben Sie ein persönliches Problem, dass
Sie es gerade auf mich abgesehen haben."

Er schluchzte, würgte, dann fiel das Telefon zu
Boden, und irgendjemand aus dem Zimmer beendete das
Gespräch. Nach etwa einer Stunde rief man zurück.

„Er ist mit dem Telefon in der Hand gestorben. Es
war ein klassischer Hinterwandinfarkt. Wir haben Doktor
Leibniz geholt. Er ist sich ganz sicher. Womit haben Sie
ihn so aufgeregt?"

Ich sagte: „Ich weiß es nicht."

„Schade, dass das Gespräch nicht aufgezeichnet wurde. Sie sind doch der OB. Mit Ihnen wird das Gericht auch noch fertig."

Zwei Tage in Gewahrsam. Mehr war juristisch nicht möglich. Ich weiß nicht, ob jemand die entwürdigende Aufnahmeprozedur schon mitgemacht hat. Meine Kleider durfte ich behalten, bekam eine Einzelzelle und konnte mir Essen von einem Italiener in der Stadt kommen lassen. Beim Hofgang schauten mich die anderen Gefangenen neugierig an. Jeder wusste von mir und meiner Doppelkarriere, die eigentlich eine Dreifachkarriere war, wenn der Geheimdienst dazukam. In meiner ersten Nacht dort hatte ich geträumt, ich sei in einer Baracke mit einer Frau unter der Dusche. Erst dachte ich, es ist Verena. Dann aber bemerkte ich, dass es eine Freundin von ihr ist, die sie als eine Art Vermittlerin, Prüferin zu mir geschickt hat. Die Frau war blass, unscheinbar, erinnerte mich an eine frühere Sekretärin. Ich hoffe, dass sie mich Verena nicht verrät. Leichtes Prickeln und Brennen in den Händen. – Als OB trat ich zurück.

10. Seelenzergliederung

Bei meiner Entlassung wartete Delphine vor dem Gefängnistor auf mich! Angesichts rückläufiger Umfrageergebnisse bei den Christdemokraten wuchs bei denen die Nervosität. Die Bayerischen bangten bei der Landtagswahl um ihre absolute Mehrheit, und es etablierte sich eine Mitgliederinitiative, genannt „Die Mitte". Man fürchtete den Status als Volkspartei zu verlieren. Der Streit zwischen der Christlichen und der Bayerischen über die Asylpolitik hinterließ zunehmend Spuren. Und wie sollte man gegenüber den Rechtskonservativen reagieren? Die großen Parteien würden bald hinter den Rechten landen. Die „Mitte" könnte den Bayerischen offenbar Wähler wegnehmen. Es geisterten Schlagworte wie „Abspaltung" und „Sektierertum" herum. Da konnte man jemand, der über die Interna Bescheid wusste, wirklich gut gebrauchen. Zumal eine „Wertegruppe" versuchte, die Christlichen nach rechts zu rücken. Beide Seite warfen sich vor, „Pegida-Vokabular" zu benutzten. Die Freien befürchteten, dass völkisches und autoritäres Denken salonfähig würde. Ich wollte nur eine Partei ergreifen, meine eigene! Obwohl meine Reputation als Bürgermeister durch die Anwürfe in den Gazetten und die Untersuchungshaft beschädigt war. Aber die meisten Menschen, besonders die Wähler, vertrauten mir noch. Ich konnte mich im Algenmeer der lokalen Politik weiter herumtummeln. – So blieb mir viel Zeit für Delphine und das Kind. Wir fuhren fast jeden zweiten Nachmittag die Mosel hinunter, bis Hatzenport, und strandeten meistens in der „Traube" oder im Café „El Mundo". Die Traube mochte ich gern, weil da die ältere Bedienung so freundlich war. Sie tätschelte Ernestine die Wangen und gab ihr ein Biskuit. Delphine saß vor dem schmiedeeisernen Geländer, hinter ihr die roten Geranien in großen Blumenkästen am Geländer hängend, und streckte mir abwehrend die Hand entgegen, als ich fotografieren wollte. Ein paar Mal wanderten wir zur Bergkirche St. Johannes hoch und sahen uns vor der Kirche die Grabsteine von Friedrich Brehm und Nikolaus Ibald an. Beim Abstieg sah man das Nest zwischen diesseitigen Weinbergen und dem anderen Moselufer geduckt in der Senke liegen. Der Friedhof lag mit seinen rechteckigen Einfriedungen und den in Reih und Glied stehenden Grabsteinen unter uns. Durch die engen Gassen wieder zu meinem parkenden Mazda 626. Hatzenport ist der schönste Ort an der Mosel, den ich kenne. Und gemächlich ging es in unserem großen Auto wieder zurück. Im Sommer fuhren wir ein Stück Mosel ab über Karden bis Cochem, dann über Zell, Traben-Trarbach, Piesport und Schweich. Die Mosel hatte uns wieder. Aber die Moseltouren halfen nicht gegen meine zunehmenden Depressionen. Delphine meinte, ich solle mir einen Therapeuten suchen. Das Doppelleben, Verena, Naunheims Tod, Osterlohs Herzinfarkt, das alles sei zu viel für mich gewesen. Als mir aus dem Therapieführer niemand zusagte, besann ich mich auf den Tipp eines Dezernenten und ging zu einem Heilpraktiker in der Eifel. Es war ein großer, weißhaariger Mann in den Sechzigern mit einem vierschrötigen Gesicht. Er hatte zwar nur ein polizeiliches Führungszeugnis und die Beantwortung eines Fragebogens für seinen Beruf benötigt, aber ich fuhr doch die dreißig Kilometer nach Mayen. Wir saßen uns in Drehsesseln gegenüber, und er taxierte mich. Mir war sogleich klar, dass ich hier für Geld meinen potentiellen Zerstörer aufgesucht hatte. Er war überzeugt davon, dass er in dem kleinen Alkoven, den er sein Sprechzimmer nannte, Herr der Ereignisse und also auch der Stimmungen war. Die Gedanken glitten an mir vorüber, und nach der Dreiviertelstunde fühlte ich mich wie ausgehöhlt. Es ging darum, wer Macht über wen bekommt, das wurde mir in den fünf folgenden Stunden, die ich noch bei ihm war, klar. Sein Reden war unerlaubte Einmischung. Er versuchte Magie. Aber nicht bei mir! – Ich verachtete ihn, und er sagte, diese Verachtung sei Teil der Therapie. Von meinem Doppelleben erzählte ich nichts. Wie hätte er also helfen sollen? – Meine Wut und mein Hass auf diese nichtswürdige Existenz deutete er als Reaktion auf die Kränkung meiner Allmacht, die ich aufgegeben hätte, als ich zu ihm kam. Mein Gott, ich war doch von Naunheim, Osterloh und der Polizei verhört worden. – Am Ende sagte ich ihm, dass die freie Assoziation genauso künstlich sei wie das logische Denken.

„In was für eine Welt bin ich hier geraten?" fragte ich ihn, „Sophismen gegen Sophismen. Wieder eine Art Geheimdienstdenken. Die unbewussten Wünsche überlisten! – Wir müssen eher überlegen, was wir gegen dieses unbewusste Geheimdienstdenken, das in uns wogt, tun können. Ochrana, Stasi, KGB, sie haben eigentlich nichts verhindern können. Am Ende haben die Islamisten Recht. Wenn es zu jedem Grund einen Gegengrund gibt, können nur die Offenbarungen richtig sein."

Er sagte: „Wenn Sie so denken, kann ich nichts weiter für Sie tun. – Fliegen Sie nach Amerika und sehen Sie sich dort ein bisschen um!"

Das war nach der sechsten Stunde, und ich verschwand durch seine Tür, ohne mich zu verabschieden.

Was war das Resümee dieser sechs Wochen? – Ich wollte mit solchen Menschen, denen man die geheimen Verästelungen seines Lebens erzählt und die daraus sogleich ein Buch machen, nichts zu tun haben. Ich war ich, und der andere war der andere. Ich habe früher über die Leute gelacht, die sagten: „Ich weiß was ich weiß!" – Heute kann ich sie verstehen. Als ich einmal in seiner Anwesenheit einen Brief mit seinem Brieföffner aufmachte, hatte er das als Mordabsicht gedeutet und gefragt, was mir diese Absicht, die er einfach vorausgesetzt hatte, bedeute. – Das hatte mein endgültiges Verschwinden beschleunigt.

Was soll ich über die Psychotherapie sagen? – Man weiß wenig über das, was im Menschen abläuft und die Terminologie Freuds, obgleich heute vielfach verfeinert, erscheint mir einfach zu grob. Im Therapieführer hatten noch andere Seelenzugänge gestanden: Behaviourismus (da ist das Innere eine Blackbox) oder NLP, wo man sich an den Augenbewegungen orientierte. Für mich sind das alles Modeerscheinungen, die schnell kommen und schnell wieder gehen. Ich denke, man sollte in ein gesundes Leben nie einen Psychoanalytiker hineinlassen. Aber war ich gesund? – Für Verenas Tod konnte ich nichts. Hätte ich damals nur nicht die verfluchte Versicherung abgeschlossen. Ich überlegte, wer mir jetzt noch weiterhelfen konnte. Ich wusste niemanden. Letztendlich blieb nur der Rat des Heilpraktikers, der Amerikaner war, mich in den USA umzusehen. Ich würde die Reise zusammen mit Delphine wagen. Das Kind, Ernestine, konnte bei Delphines Schwester bleiben. Aber wohin in Amerika? In Kafkas Amerika-Roman, den wir in der Schule gelesen hatten, trug die Freiheitsstatue keine Fackel, sondern ein Schwert. Das hatte ich in meinem bisherigen Leben zur Genüge geführt. Dorthin also, wo die Freiheitsstatue stand: New York! – Mir schossen Schlagworte durch den Kopf, Worte aus Zeitung und Fernsehen. Manhattan, die ganze Welt in einer Stadt; Harlem, die Hauptstadt des schwarzen Amerikas; Brooklyn, der kreative Schwerpunkt; Coney Island, da wollte ich auf jeden Fall hin: Hotdogs, Bier und Achterbahn. Und nicht zuletzt Martha's Vineyard. Bei der Internetanmeldung gab ich auf Nachfrage an, in Untersuchungshaft gewesen zu sein, aber man ließ uns trotzdem ins Land. Ich war ja nicht verurteilt worden. Und unser Flug dauerte gerade mal acht Stunden. Wir landeten auf dem Kennedy-Airport, wurden intensiv nach den Motiven unserer Reise und unseren Geldmitteln befragt, und man nahm einen elektronischen Abdruck von allen zehn Fingern. Dann durften wir in unser Hotel. New York ist teuer. Das merkt man an den Hotelpreisen zuerst. Wir hatten ja die Versicherungssumme. Wir gingen ins Skyline-Hotel in der 49th Street im früheren Gangsterviertel, da passte ich ja hin. An den Bandenkrieg erinnerte nur noch die „West Side Story" am nahen Broadway. Die Zimmer waren für

New Yorker Verhältnisse groß, dazu gab es einen Pool und ein preiswertes Parkhaus. Ich hatte über meinen Kontaktmann herausbekommen, dass die andere Seite beschlossen hatte, uns fallenzulassen und sich unserer langsam zu entledigen. Ich beschloss, so lange wie möglich in Amerika zu bleiben. Wir hatten immerhin drei Monate ohne Visum.

11. Raskolnikoff

New York ist eine schnelle Stadt, und man muss das Tempo mitmachen. Zur Besinnung bleibt da keine Zeit. In New York wohnen Menschen, die mehr wollen als nur ein Durchschnittsleben, genau das Richtig für uns. Mich überkam ein unglaubliches Hochgefühl, und Delphine ließ sich mitreißen. Wir saugten die Energie dieser Stadt in uns auf. Besuchten alles, was wichtig war. Besonders Lower East Side zog uns an. Hier lebte die alternative Subkultur Manhattans, und ich konnte von Lower East Side und East Village nicht genug bekommen. Vom Rockefeller Center hat man den besten Blick über Manhattan. Wenn wir einmal relaxen wollten, gingen wir für ein paar Stunden in New Yorks großen Bürgergarten, den Central Park. Ich hatte vor ein paar Jahren gerne die Krimis von Cornel Woolrich gelesen. Einer hieß „Goodbye New York". Darin rettete eine junge Frau ihren Bruder vor dem Selbstmord. Die Geschichte hatte angefangen mit „Ich roch das Gas schon auf dem Treppenabsatz" und hatte mich durch die Hingabe beeindruckt, mit der die Schwester sich um ihren Bruder gekümmert hatte. Bald würde für uns auch der Abschied aus dieser unglaublich vielfältigen und bizarren

Stadt beginnen. Ihre Offenheit machte die Seele der Stadt aus. – Wenn ich da an K. dachte … Langweilig ist es mir in New York nie geworden. Wen die Macht der Eindrücke nicht in Begeisterung versetzt, der ist wirklich am falschen Ort. Ich mochte New York, und ich mochte die orthodoxen Juden, die mir schon in Knokke gefallen hatten. Und New York ist sicher. Es ist die sicherste Großstadt der USA. – Nur einmal versuchte jemand an meiner neuen, kleinen Leica zu ziehen, die ich mir locker über die Schulter gehängt hatte. Es war der Kosmopolitismus, der mich hierher zog. New York war die ganze Welt.

Unseren letzten Tag verbrachten wir auf Coney Island, dem Rummelstrand von New York, wo die einfachen Leute ihre Freizeit verbringen. Kultur wollten wir nicht mehr. Das Seebad, nur fünfundvierzig Minuten von Manhattan entfernt, lässt am Wochenende wie einen Ameisenhaufen aussehen. Viele grillende Latino-Familien, und die Fahrt auf einer achtzig Jahre alten Achterbahn war ein Vergnügen. Wir schöpften unsere drei Monate ohne Visum voll aus und flogen dann vom Kennedy-Airport wieder zurück nach Frankfurt. Die Quarantäne war zu Ende. Ich glaubte, ich würde mich der Angst nicht mehr ausliefern müssen.

Gehörte ich etwa zu Dostojewskis von Rodion Raskolnikoff propagierten Ausnahmemenschen? Osterloh! – Sein Hass und sein Verfolgungswahn hatten ihn umgebracht! – Mein Gewissen? – Naunheim tat mir nicht leid. Er war mir durch Zufall in die Quere gekommen. Es war ebenso Zufall, dass sie keine Spuren von mir gefunden hatten. Naunheim wäre, nach Ansicht Raskolnikoffs, „Material" gewesen, ich ein „Zerstörer" des Bisherigen, dem alles erlaubt ist. Aber so war es nicht. Ich hatte damals nichts getan, Verena und Osterloh waren Zufall gewesen. Obwohl Delphine an den Zufall nicht glaubte. „Es gibt keinen Zufall", sagt sie immer, „alles ist Fügung und Schicksal". Dann gäbe es auch keine von uns selbst initiierte Veränderung. Alles wäre, wie ich schon einmal gesagt habe, auf einer Matrix im Vornherein festgelegt und vielleicht sogar irgendwo niedergelegt. Aber in eine Grenzsituation war ich bei der Sache mit Naunheim ebenso geraten wie Raskolnikoff, der eine alte Pfandleiherin getötet hatte, weil er sie für „unwert" hielt. Wenn es keinen Gott gab, waren alle Werte von Menschen gemacht und daher relativ und imaginär. Raskolnikoffs Verbrechen waren somit von seinem Denken (er nennt es Vernunft) vollkommen sanktioniert. Ihm kam nun eine schreckliche Strafe von innen zu! – Das Gewissen! Eine Strafe, die von seinem unbewussten Selbst gekommen war. Trotz seiner inneren Logik gerät er in vollkommenste innere Isolation, unter deren Druck er schließlich nach der Strafe schreit. Am Ende des Romans steht die Erkenntnis, dass Logik nie moralische oder religiöse Gefühle rechtfertigen kann. Aber war es mir bei meiner Rechtfertigung, dass Zufall und blinde Willkür den Tod von Naunheim hatten geschehen lassen, nicht ähnlich ergangen? – Aber ich war kein Grübler. Ich war auch nicht so isoliert wie Raskolnikoff. Ich hatte eine Lebensgefährtin, die zu mir hielt, und ein Kind. Ich argumentiere auch nicht, dass die Welt ein gemeines, schädliches Insekt verloren hatte. Der Tod Naunheims hatte sich EREIGNET! Wenn man meine Argumentation „sophisticated" findet, so bedenke man, wie Sophismen die Realität überrollen und verformen. Wir leben von und mit Sophismen. Auch das Recht! Auch die Regierungen! – Man kann nicht mehr reden und denken als gäbe es die Fakes nicht! – Wenn ich bedenke, was sich gerade gesagt habe, bin ich vielleicht doch ein Grübler. – Aber keiner wie Raskolnikoff. Ich bin von meinem Wert trotz allem überzeugt! – Nach wie vor! Die Gedanken sind ja da, aber ich versuche, sie in meinem Inneren nicht aussprechen zu lassen. Das Aussprechen der vorhandenen Gedanken ist verboten. Ja, ich versuche, diese und weitere, daraus folgende Gedanken gar nicht erst zu denken! Dazu sind alle diese Gedanken Metaphysik. Alles, was auf der Sprache ruht, ist voller Metaphysik! – Wir „wissen" nichts! – Ein Freund, der auch Jurist ist, kämpft gegen die Demontierung des Rechts im In- und Ausland mit immer differenzierteren, genaueren Rechtsbegriffen. Aber es hilft nichts. Vielleicht sind meine ganzen Gedanken auch eine Art, gegen die Welt zu randalieren. Aber die Welt ist voller Randale. Da kommt es auf eine mehr nicht an.

Wie hätte ich denn anders handeln sollen? Oder können? Das Raum-Zeit-Kontinuum schließt uns ein. – Dass wir, von diesem losgelöst, von der abgetrennten Zeit oder dem abgetrennten Raum sprechen können, verdanken wir dem Lapsus und den Merkwürdigkeiten der Sprache. Besser gesagt, den Sophismen, die uns von der Geburt bis zum Tod einschließen und die wir schon als Kind lernen. – Es gibt kein Verbrechen! – Bin ich ein Relativist? So wie wir uns in einem Raum-Zeit-Kontinuum befinden, befinden wir uns in einem Wahrnehmungskontinuum. Was wir glauben wahrzunehmen, picken wir uns nur durch unvollständige grammatische Satzmuster aus dem Gesamtchaos heraus! Seit tausend Jahren, also seit der Scholastik, streiten sich die Philosophen darüber, ob die Begriffswelt zur

Wirklichkeit gehört. Die Begriffswelt gehört de facto zur Wirklichkeit, de jure nicht. Wer also die Begriffswelt, die Welt der Wörter, verfälscht, verfälscht de facto die Wirklichkeit. Man kann zur Welt der Wörter auch Kommunikation sagen! Und durch diese Art von Kommunikation, für die der Intellekt nichts ist, weil er per se kritisch ist, soll das Argument überhaupt in Misskredit gebracht und ersetzt werden. Schließlich werden die Leute unfähig sein, ein Verstandesargument zu würdigen, weil sie es durch diese Art der Versprachlichung verlernt haben. Für die menschliche Innenwelt stehen per se nicht so viele Vokabeln oder sprachliche Einkleidungen zur Verfügung, als dass die Psychoanalyse allein dafür zuständig sein könnte. Die Psychoanalyse hat ihre Begrifflichkeiten überall geklaut. Was ich hier niederlege, sind auch Sophismen. Jeder kann sie besser formulieren als ich!

Gestern waren diese Gedanken noch in meinem Kopf, heute sind sie weg. „Gerede"! Ich musste mich um meine Zukunft kümmern, nachdem die Augenwischerei mit Amerika hinter mir lag. Ich konnte nicht warten, bis die zahllosen Spuren, die ich auch bei der anderen Seite hinterlassen hatte, gegen mich sprachen. Ich musste etwas tun. Aber was? – Das Denken hatte mich noch nie weitergebracht, sonst hätte ich mich aus allen meinen Verstrickungen nicht so genial lösen können. Ich hatte immer reflexartig gehandelt! Delphine hatte mir die Goethe-Biographie von Safranski geschenkt, um mich von meinen Grübeleien abzulenken. Goethe war danach klüger als ich gewesen. Wer weiß schon, was er hinter sich hatte, dieser Marinelli des Herzogs. Goethe war klug, und hatte auch, wie er selbst sagte, immer nach seinem „Instinkt" gehandelt. Ich musste mir etwas ausdenken! Ich würde einfach eine Zeitlang verschwinden. Was wäre, wenn ich eine Zeitlang nach Maria Laach in Klausur ginge? – Ich wäre eingeschlossen. Zusammen mit zehn anderen Tonsurträgern, denn viel mehr Mönche gab es dort nicht mehr. Ich würde beten, meditieren und … auf meine Entdeckung warten!

Ich wusste aber, dass die Polizei den Tod Naunheims immer noch aufzuklären suchte. Früher oder später würden sie wieder auf mich kommen. Am Freitag nach meiner Ankunft klingelten sie bei mir. Zwei Beamte und eine Frau, die protokollierte. Delphine erfasste die Situation und verwickelte die Drei in ein Gespräch, während ich mich durch die Haustür lautlos verabschiedete. Ich fuhr mit dem Mazda in die Hochgarage im Forum, ließ den Wagen dort stehen und wanderte zu Fuß Richtung L.. Ziemlich tief in dem Ortsteil erblickte ich ein noch nicht baufertiges Betonskelett. Mein Handy hatte ich ausgestellt, damit sie mich nicht orten konnten. Der Rohbau war ein gelb angestrahlter Stahlbeton-Koloss von Rhodos. Hoch über den geduckten Dächern der Stadt. Im Ortsteil L., der fast nur von Türken bewohnt wurde. Sollten hier etwa Sozialwohnungen entstehen, oder eine Behörde? – Hier unten zwischen den türkischen Supermärkten? – Ich beschloss dies als mein Domizil zu wählen. Vielleicht für eine Nacht, vielleicht aber auch für mehrere. Treppen gab es schon, aber ohne Geländer. Hier hätte man einen Film über mich drehen können. Ich war Bundestagsabgeordneter und Bürgermeister gewesen, und jetzt hauste ich in diesem weiträumigen Hallenareal, getrennt von all den Meinen! Der Boden betonrau, alle zehn Meter ein Betonpfeiler. So leicht konnte sich hier keiner verstecken. Aber es gab einen Stock höher eine Nische aus Baumaterialien, die nicht einsehbar war. Hier wickelte ich mich in einen Schlafsack, den ich gefunden hatte, und blieb liegen. Für diese Nacht würde es reichen. Die Leere und Öde in diesem nächtlichen gespenstigen Großraumbüro! – Genau das Richtige für mich. Aber nicht das Richtige zum Schlafen, denn ich lag die halbe Nacht wach, hörte auf die Geräusche von unten. Um sieben Uhr morgens ließen sie eine Betonmischmaschine an. Ich habe immer Oropax dabei, und damit ging es. – Ich wachte auf, als es heller Tag war. Das Licht schmerzte in meinen Augen. Nach hier oben schien sich niemand zu verirren. Ich hatte etwas Brot und eine halbe Flasche Rhenser. Das reichte noch gerade fürs Frühstück. Irgendwann würde ich herunter müssen und mir etwas zu essen besorgen. Aber erst wenn die Arbeiter weg waren. Ich dachte daran, was mich hierher gebracht hatte. Jeder fühlt sich eingegrenzt und könnte für irgendwelche Dinge auf die Barrikaden gehen: Wie die Linken, die Identitären, die Populisten, Steve Bannon und 'ne Menge mehr! Meine Barrikade war der Geheimdienst gewesen. Ich hatte einfach gegen meine relative Einflusslosigkeit als Bundestagsabgeordneter vorgehen wollen. Jetzt sah ich, in was ich hinein geraten war. Ich blieb den ganzen Tag oben, und als es dunkel wurde, merkte ich, dass ein paar Obdachlose unten ein Feuer in einer Blechtonne gemacht hatten.

„Ein Kumpel", riefen sie mir zu, als ich mich wortlos dazugesellte.

Sie ließen eine Flasche mit etwas Starkem herumgehen, und die zwei, drei Schluck taten mir gut. Einer schnitt mir ein Stück von einer Salami ab und reichte es mir zu. Mit einem Stück Brot. Ich hatte den ganzen Tag gehungert. Ich dachte, was auch immer ich als Abgeordneter gemacht hätte, ich hätte auf der falschen Seite gestanden. – Jetzt wurde die gesamte Weltbevölkerung in Angst versetzt! – Wenn die Großen sich näherkommen, geht das allein auf Kosten der kritischen Intelligenz. Zu der gehöre ich, trotz meiner kriminellen Vergangenheit, auch. Wieder oben traf ich auf eine junge Obdachlose, die sich mir anschloss. Vom Dach der Blick über ganz K.. Sie hatte auf einem Gartenmöbel von den Handwerkern gelegen, fragte, ob ich gesucht würde, und reichte mir eine alte Wollmütze. Ich zog sie mir tief ins Gesicht. Mit den Bartstoppeln erkannte mich jetzt keiner mehr. Die ganze Baustelle strahlte eine Atmosphäre der Ausweglosigkeit aus. Die Decken waren noch mit Stahlrohren gestützt, zwischen denen musste man hindurch. Ich stand stundenlang an der Betonbalustrade und sah mir die Lichterketten der Autos an. Tagsüber ging ich einmal hinunter und holte mir an der nahen Imbissbude Fritten mit Ketchup. Im türkischen Supermarkt einen kleinen Eimer Joghurt und ein Fladenbrot. Ich wusste, sie würden mich bald auch im Fernsehen zeigen. Die Überwachungskamera an dem Gebäude hatte mich bestimmt gefilmt. Meine sieben Sachen bewahrte ich in einer Plastiktüte auf. – Es war Winter geworden.

12. Respice finem

Am nächsten Morgen parkte unten vor dem Rohbau ein schwarzer Mercedes, ich konnte es von oben sehen. Vier Männer, wohl von der Stadtverwaltung, machten sich daran, die schmalen Stufen ohne Geländer zu erklimmen. Im Geschoss unter mir machten sie Halt und unterhielten sich. – Die Stimmen kannte ich. Das waren doch Leute von der Planungskommission, die ich damals selbst in ihre Ämter gebracht hatte. – Wenn die mich hier fänden! – Jetzt sprach der Architekt, den ich auch kannte. Aber sie blieben nur eine Viertelstunde und stiegen dann wieder hinunter. Ich musste schleunigst hier weg. Sie kamen bestimmt wieder und würden dann alle Geschosse inspizieren. Aber wohin sollte ich? – Vielleicht war Mönch zu werden doch der beste Ausweg. – Das Kloster Maria Laach hatte mich schon immer gereizt und als Junge von dreizehn Jahren hatte ich mir oft gewünscht, dort als Novize einzutreten. – Ich lief in die Mainzer Straße und warf Delphine einen Zettel ein, sie möge mich am nächsten Tag früh hier abholen und nach Maria Laach fahren. Dort würde ich mich einfach an der Pforte melden. Delphine brachte meinen Rasierapparat mit, und langsam sah ich wieder menschlich aus. Die Fahrt durch die Eifel war ein reines Vergnügen, und die vielen erloschenen Vulkane am Horizont erinnerten mich an mein eigenes Schicksal. Die schnurgerade Straße vor dem Ort Reginarisbrunnen. Rechts und links die winterlichen Felder, zum Teil keimte die Wintersaat schon. Ein paar Bäume trugen noch Laub. Die weißen Pfosten an den Straßenrändern erinnerten mich daran, dass ich meinem Ziel immer näher kam. Auf dem Klosterparkplatz angekommen, gingen wir erst zum See. Der Bootssteg lag verlassen da. Drei Boote mit den Nummern zwei, neun und siebzehn waren am Landungssteg vertäut. Die vielen Enten auf dem Wasser bildeten in ihren Gruppierungen Sechsecke, im Hintergrund das bewaldete Seeufer. Einige Segler hatten sich doch, trotz der Stürme hinausgewagt. Die weißen Dreiecke waren ganz hinten zu erkennen. Durch die Bäume sahen wir, dass jetzt am Morgen blauschimmernde Wasser, und ich erinnerte mich daran, wie oft wir früher hier gebadet hatten, und man sah im Hintergrund das Seeschlösschen. Die Landschaft ist karg, aber schön. Jetzt gingen wir zurück zum Kloster, klingelten, und stellten uns dem Abt vor.

Ich sagte dem Abt, ich wolle hier ein paar Wochen meditieren und nachdem die Formalitäten erledigt waren, bekam ich eine leere Mönchszelle zugewiesen. Die Klosterbibliothek hatte zweihundertsechzigtausend Bände, und ich suchte mir sofort etwas Brauchbares über die Scholastiker heraus. Deren Begriffsspalterein um den Begriff Gottes hatten mich schon in der Zeit meines Jurastudiums fasziniert. – Waren die Begriffe, mit denen wir die Welt etikettieren oder vielleicht sogar erkennen, ein Nachblättern des Schöpfungsplanes oder waren sie kreative und konstruktive Erfindungen aus unserem Kopf? Irgendwie mussten wir ja an die Begriffswelt in Physik, Medizin, Psychiatrie oder Kosmogonie gekommen sein. Fast alle scholastischen Denker bezogen sich auf Thomas von Aquin. Die Begriffe waren „in den Sachen, in rebus" verborgen. Thomas von Aquin wurde deshalb zu den Realisten gerechnet. Heute gebraucht man das Wort „Realist" anders. Ich sage liebe Essentialist. Nach Wilhelm von Ockham kamen die Begriffe der Wissenschaft aus unserem Kopf. Gott begrifflich zu erkennen oder sein Dasein zu beweisen, ist somit unmöglich. Ockham war ein moderner Konstruktivist. Ich wusste jetzt, dass es keinen Gott gab und somit das, was ich getan hatte, gerechtfertigt war. Nur das allein hatte ich hier wissen wollen. Ich drehte mich im Strudel meiner Sophismen um mich selbst.

Das Leben im Kloster gefiel mir. Der Umgang der Mönche miteinander. Der Wechsel von Meditation, Gespräch und Schweigen, die Atmosphäre rund um das Kloster mit der Gärtnerei und der großen verglasten Buchhandlung. Es gibt einen Kunstverlag, einen Bootsverleih, Fischfang, Biobauernhof und verschiedene Handwerksbetriebe. Auf der Südseite liegt das Refektorium, der Speisesaal. Ich gehe gern in den Kreuzgarten und meditiere über die schönen romanischen Rundbögen. Ich lebe mit den Mönchen, deren Tageslauf von Gebet und Arbeit geprägt ist. Vielleicht werde ich die Geschichte meiner Verirrungen hier aufschreiben.

In der dritten Woche nach meinem Eintritt wurde ich in die Amtsstube gerufen. Dort stand der Abt mit drei Männern, die ich sofort als Kriminalbeamte erkannte. Einer von ihnen wies sich als Leiter der Abteilung für Gegenspionage aus. „Kommen Sie mit", sagte er, „wir wollten mal sehen, wie weit dieser Typ gehen würde!" Dann sagte er zu seinem Nebenmann: „Ich wusste schon immer, dass wir uns diesen kleinen Nihilisten einmal kaufen würden!"

„Es gibt nur das Nichts und die Sophismen", erwiderte ich.

Der Autor

Leon Herbst ist das Pseudonym eines bekannten deutschen Schriftstellers, der einmal das Genre gewechselt hat.